目次

外套

或る省の或る局に……併《しか》し何局とはっきり言わない方がいいだろう。おしなべて官房とか聯隊《れんたい》とか事務局とか、一口にいえば、あらゆる役人階級ほど怒りっぽいものはないからである。今日では総じて自分一個が侮辱されても、なんぞやその社会全体が侮辱されでもしたように思いこむ癖がある。つい最近にも、どこの市だったか瞭《しか》とは憶《おぼ》えていないが、さる警察署長から上申書が提出されて、その中には、国家の威令が危殆《きたい》に瀕《ひん》していること、警察署長という神聖な肩書が無闇《むやみ》に濫用《らんよう》されていること等が明記されていたそうである。しかも、その証拠だと言って、件《くだん》の上申書には一篇の小説めいた甚《ひど》く厖《ぼう》大《だい》な述作が添えてあり、その十頁ごとに警察署長が登場するばかりか、ところに依《よ》っては、へべれけに泥酔した姿を現わしているとのことである。そんな次第で、いろんな面白からぬことを避けるためには、便宜上この問題の局を、ただ《ある局》と言うだけにとどめておくに如《し》くはないだろう。さて、その或る局に、《一人の官吏》が勤めていた——官吏、と言ったところで、大して立派な役柄の者ではなかった。背丈がちんちくりんで、顔には薄痘痕《うすあばた》があり、髪の毛は赤ちゃけ、それに眼がしょぼしょぼしていて、額《ひたい》がすこし禿《は》げあがり、頰の両側には小皺《こじわ》が寄って、どうもその顔いろは所謂《いわゆる》痔もちらしい……しかし、これはどうも仕方がない！　罪はペテルブルグの気候にあるのだから。官等に至っては(それというのも、我が国では何はさて、官等を第一に御披露しなければならないからであるが)、いわゆる万年九等官という奴で、これは知っての通り嚙《か》みつくことも出来ない相手をやりこめるという誠に結構な習慣を持つ凡百の文士連から存分に愚弄《ぐろう》されたり、ひやかされたりしてきた官等である。この官吏の姓はバシマチキンと言った。この名前そのものから、それが短靴《バシマク》に由来するものであることは明らかであるが、しかし何時《いつ》、如何《いか》なる時代に、どんな風にして、その姓が短靴《バシマク》という言葉から出たものか――それは皆目わからない。父も祖父も、剰え《あまつさ》義兄弟まで、つまりバシマチキン一族のものといえば皆が皆ひとり残らず長靴を用いており、底革は年にほんの三度ぐらいしか張り替えなかった。彼の名はアカーキイ・アカーキエヴィッチと言った。或《あるい》は、読者はこの名前をいささか奇妙な故意《わざ》とらしいものに思われるかもしれないが、しかしこの名前は決して殊さら選《え》り好んだものではなく、どうしてもこうよりほかに名前のつけようがなかった事情が、自然とそこに生じたからだと断言することが出来る。つまり、それはこういう訳である。アカーキイ・アカーキエヴィッチは私の記憶にして間違いさえなければ、三月二十三日の深更に生まれた。今は亡き、そのお袋というのは官吏の細君で、ひどく気だての優しい女であったが、然《しか》るべく赤ん坊に洗礼を施そうと考えた。お袋はまだ戸口に向かいあった寝台に臥《ふせ》っており、その右手にはイワン・イワーノヴィッチ・エローシキンといって、当時元老院の古参事務官であった、この上もなく立派な人物が教父として控えており、また教母としては区の警察署長の細君で、アリーナ・セミョーノヴナ・ビェロヴリューシコワという、世にも稀《めず》らしい善良温雅な婦人が佇《たたず》んでいた。そこで産婦に向かって、モーキイとするか、ソッシイとするか、それとも殉教者ホザザートの名に因《ちな》んで命名するか、兎《と》に角《かく》この三つのうちどれか好きな名前を選ぶようにと申し出た。『まあ厭《いや》だ』と、今は亡きその女は考えた。『変な名前ばっかりだわ。』で、人々は彼女の気に入るようにと、暦*の別の箇所をめくった。すると又もや三つの名前が出た。トリフィーリイに、ドゥーラに、ワラハーシイというのである。『まあ、これこそ天罰だわ！』と、あの婆さんは言ったものだ。『どれもこれも、みんな何という名前でしょう！　わたしゃ、ほんとうにそんな名前って、ついぞ聞いたこともありませんよ、ワラダートとか、ワルーフとでもいうのならまだしも、トリフィーリイだのワラハーシイだなんて！』そこでまた暦の頁をめくると、今度はパフシカーヒイにワフチーシイというのが出た。『ああ、もう分かりました！』と、婆さんは言った。『これが、この子の運命なんでしょうよ。そんな位なら、いっそのこと、この子の父親の名前を取ってつけた方がましですわ。父親はアカーキイでしたから、息子もやはりアカーキイにしておきましょう。』こんな風にしてアカーキイ・アカーキエヴィッチという名前は出来あがったのである。そこで赤ん坊は洗礼を受けたが、その時彼はわっと泣き出して、あたかも将来九等官になることを予感でもしたような顰《しか》めっ面《つら》をした。要するに事のおこりは凡《すべ》てこんな具合であったのである。こんなことをくだくだしく並べたのも、これが万已《ばんや》むを得ぬ事情から生じたことで、どうしても他には名前のつけようがなかったといういきさつを、読者にとくと了解していただきたい為《ため》に他ならないのである。いつ、どういう時に、彼が官庁に入ったのか、また何人《なんぴと》が彼を任命したのか、その点については誰ひとり記憶している者がなかった。局長や、もろもろの課長連が幾人となく更迭《こうてつ》しても、彼は相も変らず同じ席で、同じ地位で、同じ役柄の、十年一日の如《ごと》き文書係を勤めていたので、しまいには皆《み》んなが、てっきりこの男はちゃんと制服を身につけ、禿げ頭を振りかざして、すっかり用意をしてこの世へ生まれて来たものに違いないと思い込んでしまったほどである。役所では、彼に対しては少しの尊敬も払われなかった。彼が傍を通っても守衛たちは起立するどころか、玄関をたかだか蠅でも飛び過ぎた位にしか思わず、彼の方を振り向いて見ようともしなかった。課長連は彼に対して妙に冷やかな圧制的な態度を取った。或る副課長の如きは、『清書して呉《く》れ給え』とか、『こいつはなかなか面白い、一寸《ちょっと》いい書類だよ』とか、又は凡《およ》そ礼儀正しい勤め人の間で普通に取り交わされている何かちょっとしたお愛想ひとつ言うでもなく、いきなり彼の鼻先へ書類をつきつけるのであった。すると、彼はちらと書類の方を見るだけで、一体誰がそれを差し出したのやら、相手に果してそうする権利があるのやら、そんなことには一向頓着《とんちゃく》なく、それを受け取る。受け取ると、早速その書類の写しに取りかかったものである。若い官吏どもは、その属僚的な駄洒落《だじゃれ》の限りを尽くして彼をからかったり冷かしたり、彼のいる前で彼についての色んな出鱈目《でたらめ》な作り話をしたものである。彼のいる下宿の主婦で七十にもなる老婆の話を持ち出して、その婆さんが彼をいつも殴《ぶ》つのだと言ったり、お二人の婚礼は何時《いつ》ですかと訊《たず》ねたり、雪だといって、彼の頭へ紙きれを振りかけたりなどもした。しかしアカーキイ・アカーキエヴィッチは、まるで自分の眼の前には誰ひとりいないもののように、そんなことにはうんともすんとも口応え一つしなかった。こんなことは彼の執務には一向さしつかえなかったのである。そうしたいろんなうるさい邪魔をされながらも、彼はただの一つも書類に書き損ないをしなかった。ただ余り悪戯《いたずら》が過ぎたり、仕事をさせまいとして肘《ひじ》を突っついたりされる時にだけ、彼は初めて口を開くのである。『構わないで下さい！　何だってそんなに人を馬鹿にするんです？』それにしても、彼の言葉とその音声とには、一種異様な響きがあった。それには、何かしら人の心に訴えるものがこもっていたので、つい近ごろ任命されたばかりの一人の若い男などは、見様見真似《みようみまね》で、ふと彼を揶揄《からか》おうとしかけたけれど、と胸を突かれたように、急にそれを中止したほどで、それ以来この若者の眼には、あだかも凡てが一変して、前とは全然別なものに見えるようになったくらいである。彼がそれまで如才のない世慣れた人たちだと思って交際していた同僚たちから、或る超自然的な力が彼を押し隔ててしまった。それから長いあいだというもの、極めて愉快な時にさえも、あの『構わないで下さい！　何だってそう人を馬鹿にするんです？』と、胸に滲《し》み入るような音《ね》をあげた、額の禿げあがった、ちんちくりんな官吏の姿が想い出されてならなかった。しかもその胸に滲み入るような言葉の中から、『わたしだって君の同胞なんだよ』という別な言葉が響いて来た。で、哀れなこの若者は思わず顔を蔽《おお》った。その後ながい生涯の間にも幾度となく、人間の内心には如何に多くの薄情なものがあり、洗練された教養ある如才なさの中に、而《しか》も、ああ！　世間で上品な清廉の士と見做《みな》されているような人間の内部にすら、如何に多くの兇悪《きょうあく》な野性が潜んでいるかを見て、彼は戦慄《せんりつ》を禁じ得なかったものである。

こんなに自分の職務を後生大事に生きて来た人間が果してどこにあるだろうか。熱心に勤めていたと言うだけでは言い足りない。それどころか、彼は勤務に熱愛をもっていたのである。彼にはこの写字という仕事の中に、千変万化の、愉《たの》しい一種の世界が見えていたのである。彼の顔には、いつも悦《よろこ》びの色が浮かんでいた。ある種の文字に至っては非常なお気に入りで、そういう文字に出喰わすというと、もう我れを忘れてしまい、にやにや笑ったり眴《めくば》せをしたり、おまけに唇までも手伝いに引っぱり出すので、その顔さえ見ていれば、彼のペンが書き表わしているあらゆる文字を一々読みとることも出来そうであった。若《も》しも彼の精励恪勤《せいれいかっきん》に相応した報酬が与えられたとしたら、彼自身は吃驚《びっくり》仰天したことであろうけれど、恐らく五等官には補せられていたに違いない。ところが当の彼が贏《か》ち得たところのものは、他ならぬ己れの同僚たち口性《くちさが》ない連中の言い草ではないが、胸には鋲具《びじょう》、腰には痔疾に過ぎなかった。とはいえ、彼に対して何の注意も払われなかったと言う訳ではない。或る長官は親切な人間《ひと》で、彼の永年の精励に酬《むく》いんがためにありきたりの写字よりは何かもう少し意義のある仕事をさせるようにと命じた。そこで、既に作製ずみの書類の中から、他の役所へ送るための一つの報告書をつくる仕事が彼に命ぜられたのである。それは単に表題を書き改めて、ところどころ、動詞を一人称から三人称に置き換えるだけの仕事であった。ところが、彼にはそれが以《もっ》ての他の大仕事で、すっかり汗だくになり、額を拭《ふ》き拭き、とうとうしまいには、『いや、これよりわたしにはやっぱり何か写しものをさせて下さい』と悲鳴をあげてしまった。で、彼はずっとその時以来、相も変らぬ筆生として残されたのである。どうやら彼にはこの写しもの以外には何ひとつ仕事がなかったもののようである。彼は自分の服装のことなどはまるで心にも留めなかった。彼の著《き》ている制服といえば、緑色が褪《あ》せて変な人参《にんじん》に黴《かび》が生えたような色をしていた。それに襟《えり》が狭くて低かったため、彼の頸《くび》はそれほど長い方ではなかったけれど、襟からにゅうと抜け出して、例の外国人を気取ったロシア人が幾十となく頭にのせて売り歩く、あの石膏《せっこう》細工の首振り猫のように、おそろしく長く見えた。それにまた、彼の制服には、いつもきまって、何なりかなり、乾草の切れっぱしとか糸くずといったものがこびり附いていた。おまけに彼は街を歩くのに、ちょうど窓先からいろんな芥屑《ごみくた》を投げすてる時を見計らって、その下を通るという妙な癖があった。そのために、彼の帽子にはいつも、パン屑《くず》だの、甜瓜《まくわうり》の皮だのといった、いろんなくだらないものが引っかかっていた。彼は生まれてこの方ただの一度も、日々、街中で繰り返されている出来事などには注意を向けたこともなかったが、知ってのとおり、彼の同僚の年若い官吏などは、向こう側の歩道を歩いている人がズボンの裾《すそ》の止め紐《ひも》を綻《ほころ》ばしているのさえ見遁《みのが》さないくらい眼が敏《はや》くて、そういったものを見つけると、いつもその顔に狡《ずる》い薄笑いを浮かべたものである。しかし、アカーキイ・アカーキエヴィッチは何を見たとしても、彼の眼には、そうしたものの上に、なだらかな筆蹟で書きあげられた自筆の文字より他には映らなかったのである。で、若し、どこからとも知れず、にゅっとばかりに馬の鼻面《はなづら》が彼の肩の上へのしかかって、その鼻孔から彼の頬にふうっと一陣の風でも吹きつけない限り彼は自分が書き物の行の中にいるのではなくて、往来の真ん中にいるのだとは気がつかなかったであろう。彼は家へ帰ると早速、食卓に就き、大急ぎでおきまりの甘藍汁《シチイ》をすすり、玉葱《たまねぎ》を添えた一切れの牛肉を平らげるが、味加減などには一切無頓着で、蠅であろうが何であろうが、その際食物に附着している物は一緒に食ってしまうのである。胃囊《いぶくろ》がくちくなりはじめたなと気がつくと、彼は食卓を離れて、墨汁の入った壺《つぼ》を取り出して、家へ持ち帰った書類を書き写しにかかるのである。若し、そういったものの無い場合には、自分の娯《たの》しみだけに、わざわざ自分のために写本をつくる。それも、その書類の文体が綺麗《きれい》だからというよりは、誰か新しい人物なり、身分の高いお歴々に宛てられたものだと特にそれを選ぶのであった。

ペテルブルグの灰いろの空が全く色褪せて、すべての役人連中が貰《もら》っている給料なり、めいめいの嗜好《しこう》なりに従って、分相応の食事を鱈腹《たらふく》つめこんだり、また誰も彼もが役所でのペンの軋《きし》みや、齷齪《あくせく》たる奔命や、自分のばかりか他人ののっぴきならぬ執務や、またおせっかいな手合が自分から進んで引き受けるいろんな仕事の後で、ほっと一息いれている時——役人たちがいそいそとして残りの時間を享楽に捧げようとして、気の利いた男は劇場へ駈《か》けつけ、或る者は街をうろうろしながら、女帽子の品定めに時を捧げ、夜会にゆく者は小さな官吏社会の明星である何処《どこ》かの美しい娘にお世辞をつかって暇をつぶし、また或る者は——これが一番多いのだが——安直に自分の仲間のところへ、三階か四階にある、控室なり台所なりのついた二間ばかりの部屋で、食事や行楽を差し控えて随分高い犠牲の払われた洋燈《ランプ》だの、その他一寸した小道具といったようなものを並べて、若干流行を追おうとする色気を見せた住《すま》いへやってゆく——要するにあらゆる役人どもがそれぞれ自分の同僚の小さな部屋に陣取って、三文《さんもん》ビスケットを齧《かじ》りながらコップからお茶を啜《すす》ったり、長いパイプで煙草《たばこ》の煙を吸い込みながら、骨牌《カルタ》の札の配られる間《ひま》には、何時《いつ》いかなる時にもロシア人にとって避けることの出来ない、上流社会から出た何かの噂話に花を咲かせたり、何も話すことがないと、＊ファルコーネの作った記念像の馬の尻尾《しっぽ》が何者かに切り落とされたといって担がれたと伝えられている、さる司令官の永遠の逸話を蒸し返したりしながら＊ヴィストに打ち興じている時――要するに、この誰も彼もがひたむきに逸楽に耽《ふけ》っている時でさえ、アカーキイ・アカーキエヴィッチは何ら娯楽などに憂身《うきみ》をやつそうとはしなかった。ついぞ何処かの夜会で彼の姿を見かけたなどと言うことの出来る者は、誰一人なかった。心ゆくまで書きものをすると、彼は神様があすはどんな写しものを下さるだろうかと、翌日の日のことを今から楽しみに、にこにこ微笑《ほほえ》みながら寝につくのであった。このようにして、年に四百ルーブリの俸給に甘んじながら自分の運命に安んずることの出来る人間の平和な生活は流れて行った。それでこの人生の行路においてひとり九等官のみならず、三等官、四等官、七等官、その他あらゆる文官、さては誰に忠告をするでもなく、誰から注意をうけるでもないような人たちにすら、遍《あまね》く降りかかるところの、あの様々な不幸さえなかったならば、恐らくこの平和な生活は彼の深い老境に至るまで続いたことであろう。

ペテルブルグには、年に四百ルーブリ、またはほぼそれに近い俸給をとっているあらゆる勤め人にとっての由々《ゆゆ》しき強敵がある。その強敵というのは他でもない、健康のためには好《よ》いと言われているが、あの厳しい北国の寒さである。ちょうど、朝の八時から九時ごろ——つまり役所へ出かける人々で街路が一杯になる時刻には、特にそれが厳しくなり、誰彼の容赦なくあらゆる人々の鼻に刺すような痛みを加えるので、哀れな小役人などは全く鼻のやり場に困《こう》じ果てるのである。相当高い地位にある連中ですら、この寒気のためには額が疼《うず》き、両の眼に涙がにじみ出してくる。その時刻には、哀れな九等官などは、全く手も足も出ない有様である。唯一の救いは、薄っぺらな外套に身をくるみ、出来るだけ早く五つ六つの通りを駈けぬけて、それから守衛室でしこたま足踏みをしながら、途中で凍りついてしまった執務に要する凡《あら》ゆる技倆《ぎりょう》や才能が融《と》け出すのを待つことであった。アカーキイ・アカーキエヴィッチは出来るだけ早く、いつもきまった道程《みちのり》を駈け抜けるように努めていたにも拘《かかわ》らず、いつからともなく背中と肩の辺が何だか特にひどくしかしかするように感じ出した。ついに彼は、これは何か自分の外套のせいではなかろうかと考えた。家で丹念に調べて見ると、なるほど二、三ケ所、つまり、背中と両肩のところがまるで木綿ぎれのように薄くなっているのを発見した。羅紗《ラシャ》は透けて見えるほど擦《す》り切れ、裏地がぼろぼろになっている。ところで、このアカーキイ・アカーキエヴィッチの外套が、やはり同僚たちの嘲笑《ちょうしょう》の的になっていたことを知って置かなければならない。彼等はそれをまともに《外套》とは呼ばないで、《半纏《はんてん》》と呼んでいた。実際それは一種変てこなものであった。他の部分の補布《つぎ》に使われるので襟は年ごとにだんだん小さくなって行った。しかもその仕事が、裁縫師の技倆のほどを現わしたものでなかったため、実に不態《ぶざま》な見苦しいものになっていた。さて、事の次第を確かめると、アカーキイ・アカーキエヴィッチは、外套をペトローヴィッチのところへもってゆかねばならぬと考えた。それはどこかの四階の裏梯子《うらばしご》を上がったところに住んでいる仕立屋で、眼っかちな上に顔中あばただらけの男であったけれど、小役人やその他いろんな顧客のズボンや燕尾服《えんびふく》の繕い仕事をかなり巧《うま》くやっていた。といっても、勿論《もちろん》それは素面《しらふ》で、他に別段なんの企《たくら》みも抱いていない時に限るのである。こんな仕立屋のことなどは勿論多くを語る必要はないのであるが、小説中の人物は残らずその性格をはっきりさせておくのが定法であるから、已むを得ず茲《ここ》でペトローヴィッチを一応紹介させて貰うことにする。初め彼は単にグリゴリイと呼ばれて、さる旦那《だんな》の家の農奴であったが、農奴解放証書を握ると同時に、ペトローヴィッチと自ら名乗り、したたか酒を飲むようになった。それも最初のうちは大祭日に限られていたが、後には暦に十字架のしるしさえ出ておれば、教会だけの祝祭日だろうが何だろうが、頓《とん》と見境なしに喰い、酔うようになった。その点では父祖の習慣に忠実であった次第であるが、女房と口論をする段になると、やれ俗物だの、ドイツ女だのとまくし立てたものである。ところで女房のことが出たからには、彼女についても一言しておかずばなるまいが、残念ながら、それはあまりよく知られていないのである。僅《わず》かにペトローヴィッチには女房があって、頭布《プラトーク》でなしに頭巾帽《チエプチツク》なんぞかぶってはいるが、縹緻《きりよう》の点ではどう見ても褒められた柄ではなく、この女に出あって口髭《くちひげ》をうごめかしながら一種特別な奇声を発して、頭巾帽のかげから顔を覗《のぞ》きこむのは、せいぜい近衛《このえ》の兵隊ぐらいのものだということしか分かっていないのである。

ペトローヴィッチの住いへ通ずる階段をえっちらえっちら登りながら――それは本当のことをいえば、零《こぼ》れ水や洗い流しですっかり濡《ぬ》れており、また例によって例の如く、ペテルブルグの家々の裏梯子には必ず附きものの、あの眼を刺すようなアルコール性の臭気の浸《し》みこんだ階段であったが――その階段をえっちらえっちらと登りながら、アカーキイ・アカーキエヴィッチは早くも、ペトローヴィッチがどのくらい吹っかけるだろうかと考えて、決して二ルーブリより多くは払うまいと肚《はら》をきめた。扉は開け放しにしてあった。というのは、主婦が何か魚を調理しながら、油虫の姿すらそれと見分けることが出来ないほど濛々《もうもう》たる煙を台所に漲《みなぎ》らしていたからである。アカーキイ・アカーキエヴィッチはその主婦にさえ気づかれないで台所を通り抜けて、ついに部屋へ入ったが、見ればペトローヴィッチは木地のままの大きな卓子《テーブル》の上に、まるでトルコの総督《パシャ》よろしくの体で胡坐《あぐら》をかいていた。両脚は、仕事をしている時の仕立屋仲間の習慣《ならわし》で剝《む》き出しにしていた。そして何より先に眼に映ったのは、まるで亀の甲羅みたいに厚くて堅い、妙に形の変化した爪のある、アカーキイ・アカーキエヴィッチには先刻お馴染《なじみ》の拇指《おやゆび》であった。ペトローヴィッチの頸には絹と木綿の捲糸が掛かっており、膝の上には何かの襤褸《ぼろ》が乗っていた。彼はもう三分間ほど前から針の穴《みぞ》に糸を通そうとしていたが、それがどうも巧くゆかないので、部屋の暗さに腹を立てたり、しまいには糸にまで当たり散らして、『通りやがらねえな、こん畜生！　手を焼かせやがって、この極道めが！』と、口の中でぶつぶつ言っているところであった。アカーキイ・アカーキエヴィッチは選りにも選ってこんなにペトローヴィッチがぷりぷりしているところへ来あわせたのは拙《まず》いと思った。というのは、彼はペトローヴィッチが少々きこしめしている時か、または彼の女房の言い草ではないが、《一つ目小僧が濁醪《どぶろく》に酔い潰れた》時に、何か誂《あつら》えものをするのが好きだったからである。そんな場合には大抵、ペトローヴィッチはひどく気前よく、進んで値を引いたり、こちらの言い分を聴き入れたり、そのたんびにお辞儀をして、お礼をいったりさえするのであった。尤《もっと》もその後では、いつも女房が泣きこんで来て、うちの亭主《ひと》は酔っ払っていたので、あんな安値で引き受けたのだといって愚痴《ぐち》をこぼすが、しかし十カペイカ銀貨の一枚も増してやれば、それで事なく納まるのであった。ところが今はそのペトローヴィッチもどうやら素面らしい、従って人間が頑《かたく》なで容易には打ちとけず、果してどんな法外な値段を吹っかけるか、知れたものではなかった。それと悟るとアカーキイ・アカーキエヴィッチは咄嗟《とっさ》に、いわゆる出直そうと考えたものであるが、時はすでに遅かった。ペトローヴィッチはじっと彼の方を見つめながら、その一粒眼をぱちぱちさせていた。それでアカーキイ・アカーキエヴィッチも、しょうことなしに、『やあ、今日は、ペトローヴィッチ！』と言葉をかけてしまった。『これはこれは、旦那！』そう言って、ペトローヴィッチは相手が一体どんな獲物を持ちこんで来たのか見きわめようとして、じろりと横目でアカーキイ・アカーキエヴィッチの手許を窺《うかが》った。

「時にわしは、君のところへ、その、ペトローヴィッチ、その何だよ！……」茲《ここ》で知っておかねばならないのは、アカーキイ・アカーキエヴィッチは物事を説明するのに、大部分、前置詞や副詞や果ては全然何の意味もない助詞を以《もっ》てしたということである。また、話がひどく面倒だったりすると、一つの文句を終《しま》いまで言いきらないような癖さえあったので、屢《しばしば》《その、実は、全くその……》といったような言葉で話を切り出しておいて、それっきり何にも言わない癖に、自分ではもう何もかも話したつもりで、あとはすっかり忘れてしまうようなことが時々あった。

「何でござんすかね？」ペトローヴィッチはそう言うと同時に、その一つきりの眼で相手の制服を残る隈《くま》なく、襟から袖口《そでぐち》、背中から、裾や釦《ボタン》穴に至るまで、しげしげと眺めまわしたが、それは彼自身の手がけたものだけに、一から十まで知りつくしていたのである――尤もこれは仕立屋仲間の習慣《ならわし》で、人に出会うと先《ま》ず第一にやる癖でもあった。

「いや、実はその、何だよ、ペトローヴィッチ……外套だがね、羅紗《ラシャ》は……そら、ほかのところは何処もかも、まだ全く丈夫で……少々埃《ほこり》によごれて、古そうには見えるが、新しいんでね、ただほんのひとところ少し、その……背中と、それにほら、こちらの肩のところがちょっぴり擦り切れて、それから、こちらの肩のところもちょっと……ね、分かったろう？　それっきりのことなんだよ。大して手間ひまのかかる仕事じゃない……。」

ペトローヴィッチは例の《半纏《はんてん》》を手にとると、先ずそれを卓子《テーブル》の上にひろげて、長いことあちらこちら調べていたが、ちょっと首を振ってから、やおら窓のところへ片手をのばして、円《まる》い嗅煙草《かぎたばこ》入れを取った。それにはどこかの将軍の像がついていたが、一体どういう将軍なのか、それは皆目わからない。というのは、その顔にあたる部分が指ですり剝《は》げて、おまけに四角な紙きれが貼りつけてあったからである。さて、ペトローヴィッチは嗅煙草を一嗅ぎやると、《半纏》を両手にひろげて、明りに透かして見て、また首を振ったが、それから裏返しにして見て、もう一度首を振った。そして再び、紙きれの貼りつけてある将軍のついた蓋《ふた》をとって、煙草を一つまみ鼻のところへ持っていってから、蓋を閉じ、煙草入れをしまって、やがてのことにこう言ったものである。

『いや、もう繕いはききませんよ、実にひどいお召物ですて！』

その言葉を聞くと、アカーキイ・アカーキエヴィッチの胸はどきんとした。

「どうして出来ないんだね、ペトローヴィッチ？」と、まるで子供が物をねだる時のような声で言った。「だって、肩のところが少しすれているだけのことじゃないか。何か、お前んとこに裁《た》ちぎれがあるじゃろうが……。」

「そりゃあ、裁ちぎれは探せばありますよ、布きれは見つかりますがね」とペトローヴィッチが言った。「でも、縫いつけることが出来ませんや。何しろ、地がすっかり参ってますからねえ。針など通そうものなら——ずだずだになっちゃいますよ。」

「ずだずだになったらなったで、又すぐ補布《つぎ》を当てて貰うさ。」

「だって、補布の当てようがないじゃありませんか、第一もたせるところがありませんや。何しろ土台が大事ですからねえ。これじゃあ羅紗《ラシャ》とは名ばかりで、風でも吹けば、ばらばらに飛んじゃいまさあ。」

「まあさ、兎に角、ひとつ縫いつけてみておくれ、どうしてそんな、本当にその……。」

「いや駄目でがす」と、ペトローヴィッチは素気《そっけ》なく言いきった。「何ともしょうがありませんよ。まるっきり手のつけようがありませんからねえ。冬、寒い時分になったら、いっそこいつで足巻でもこさえなすったらいいでしょう。靴下だけじゃ温まりませんからねえ。これもあのドイツ人の奴が少しでも余計金儲けをしようと思って考え出しおったことですがね。（ペトローヴィッチは機会あるごとに、好んでドイツ人を槍玉《やりだま》にあげた。）ところで、外套はひとつ是非とも新調なさるんですなあ。」

この《新調》という言葉に、アカーキイ・アカーキエヴィッチの眼はぼうっと暗くなり、部屋の中のありとあらゆるものが彼の眼の前でひどく混乱してしまった。彼はただ、ペトローヴィッチの嗅煙草入れの蓋についている、顔に紙を貼りつけられた将軍の姿だけが、はっきり見えるだけであった。「どうして、新調するなんて？」と、彼は矢張《やは》り、まるで夢でも見ているような心持で呟《つぶや》いた。「わしにそんな金があるものか。」

「いや、新調なさるんですなあ」とペトローヴィッチは、残忍なほど落ちつき払って言った。

「じゃあ、どうしても新調せにゃならんとしたら、一体どのくらい、その……？」

「つまり、幾らかかるかと仰しゃるんで？」

「うん。」

「まあ、百五十ルーブリはたっぷりかかりますなあ。」こうペトローヴィッチは言ったが、それと同時に意味ありげに唇を引き締めた。彼はひどい掛値を吹っかけることが恐ろしく好きだった。こうして不意に相手の度胆を抜いておいて、さて徐《おもむ》ろに、面喰ったお客がそうした言葉についてどんな顔をするかと、横眼でじろじろ眺めるのが好きであった。

「外套一着に百五十ルーブリだって！」と、哀れなアカーキイ・アカーキエヴィッチは思わず叫び声をあげた――おそらく彼がこんな頓狂な声を立てたのは、生まれて初めてのことであったろう。というのは、彼は常々、極めて声の低い男であったからである。「御意《ぎょい》のとおりで」と、ペトローヴィッチが言った。「それも外套によりけりでしてな。もし襟に貂《てん》の毛皮でもつけ、頭巾を絹裏にでもして御覧《ごろう》じろ、すぐにもう、二百ルーブリにはなってしまいますからなあ。」

「ペトローヴィッチ、後生だから」とアカーキイ・アカーキエヴィッチはペトローヴィッチの言い草や法外な掛値には耳も藉《か》さず、いや藉すまいとして、歎願するような声でいった。「何とかして、もうほんの少しの間でも保《も》たせるように、繕って見ておくれよ。」

「いや、駄目なことですよ。どうせ骨折り損の銭うしないってことにしきゃなりませんから」と、ペトローヴィッチが言った。こんな言葉を聞かされて、アカーキイ・アカーキエヴィッチはすっかり意気銷沈《いきしょうちん》して表へ出た。ペトローヴィッチはお客が立ち去ってからもなお暫《しばら》くは、意味ありげにきっと唇を結んだまま、仕事にもかからず突っ立っていたが、自分の器量もさげず裁縫師としてへまな真似もしなかったことに満足を覚えていた。

通りへ出てからも、アカーキイ・アカーキエヴィッチはまるで夢を見ているような気持だった。《いや、飛んでもないことになったぞ》と、彼は自分で自分に言うのだった。《おれは、ほんとに、まさかこんなことになろうとは思いもよらなかったわい……。》それから、やや暫く口を噤《つぐ》んでいてから、こう附け加えた。《いや、成程なあ！ 偉いことになって来たぞ！ だが本当におれは、こんなことになろうとは、全く思いもかけなかったて。》それからまた長いこと沈黙が続いたが、その後でこう言った。《そんなことになるのかなあ！ まさか、こんなことになろうとは、その、夢にも思わなかったて……。まさか、どうも……こんなことになろうとは！》こう呟いて彼は、家の方へ行く代りに、自分では何の疑いも懐《いだ》かずに全然反対の方角へ歩いて行った。途中で一人の煙突掃除人がその煤《すす》だらけの脇を突き当てて、彼の肩をすっかり真っ黒にしてしまい、普請中《ふしんちゅう》の家の屋の棟からは石灰がどっと頭の上へ降って来た。が、彼はそんなことには少しも気がつかなかった。で、それからなお暫くして、一人の巡査が、傍らに例の戟《ほこ》*を立てかけたまま、角型《つのがた》の煙草入れから胼胝《たこ》だらけの拳《こぶし》の上へ嗅煙草を振り出しているところへ、どすんと衝《つ》き当たった時、初めて少しばかり人心地がついたが、それも巡査に『こら、何だって人の鼻面へぶつかって来るんだ？　貴様にゃあ通る路《みち》がないのか？』と呶鳴《どな》りつけられたからである。それで彼はようやく四辺《あたり》を見まわして、わが家の方へと踵《きびす》を返した。ここで初めて彼は自分の考えをまとめにかかり、自己の立場のはっきりした真相を認めて、今はもう切れぎれにではなく理路整然と、而《しか》もどんな打ちとけた内輪話でも出来る思慮分別のある親友とでも話しているように、ざっくばらんに自問自答をやりはじめたものである。《いや、駄目だよ》と、アカーキイ・アカーキエヴィッチは言った。《今、ペトローヴィッチとかれこれ話して見たところで始まらんわい。奴《やっこ》さん、今はその……きっと、どうかして、あの女房にぶん殴られでもしたのに違いないて。こりゃあ矢っぱり、日曜日の朝にでも奴さんとこへ出かけた方がよさそうだ。そうすれば、前日の土曜の翌《あく》る日だから、先生、眼をどろんとして寝ぼけ面をしているだろう。そこで奴さん、迎え酒がやりたくってやりたくって堪《たま》らないのだが、女房が金を渡さぬ。そんな時に、おれが十カペイカ銀貨の一つも、その、摑《つか》ませようものなら——それこそ奴さんずっとおとなしくなるにきまっている。そうなれば外套もその……。》こんな風にアカーキイ・アカーキエヴィッチは胸に問い肚に答えて、われとわが心を引き立てて、次の日曜日まで辛抱したが、丁度その日になって、ペトローヴィッチの女房が何処かへ出かけるのを遠くから見すますと、彼は真っ直ぐにペトローヴィッチのところへ出かけて行った。土曜の翌る日のこととて、果してペトローヴィッチはひどくどろんとした眼つきで、首をぐったり下へ垂れて、すっかり寝ぼけ面をしていた。そのくせ用むきの次第をそれと知るや否や、まるで悪魔に小突かれでもしたように『駄目でがすよ』と言った。『ひとつ新しいのを作らせて頂くんですなあ。』そこでアカーキイ・アカーキエヴィッチは、すかさず彼の手へ十カペイカ銀貨を一つ摑ませた。『旦那、これはどうも。あなた様の御健康のために、ちょっくら一杯景気をつけさせて頂きますわい』と、ペトローヴィッチは語をついだ。『ですがね、あの外套のことは、もうかれこれと御心配は御無用になさいませ。あれはもう、何の役にも立ちはしませんからね。手前が一つ新しいのを、飛びきり立派に仕立てて差しあげましょう。いや、それだけはもう保証請合《うけあい》ですよ。』

アカーキイ・アカーキエヴィッチはなおも修繕のことをごてくさ言っていたが、ペトローヴィッチは皆まで聴かずに『いや、なあに、あなたには是が非でも新しいのを一着つくらせて頂きますよ。まあ、当てにしていて下さいませ、せいぜい骨を折りますから。流行《はやり》のようにだって出来ますよ。襟は銀被せのぴかぴかしたホックで留めることにいたしましょうね』と言った。

茲《ここ》でアカーキイ・アカーキエヴィッチは、どうしても外套を新調せずには済まされない羽目になったと悟って、すっかり意気銷沈してしまった。だが実際のところ、いったい何を当てに、どういう金でそれを新調したものだろう？　勿論、一部分は近々に貰える歳末賞与をそれに当てることも出来る筈《はず》だが、しかし、その金はもう疾《と》っくから、前もって使い途《みち》の割り当てがついていた。新しくズボンも作らねばならず、古い長靴の胴に新しい面皮を張らせたときの靴屋への旧《ふる》い借金も払わなければならず、おまけに、襯衣《シャツ》を三枚と、それにまだ、こんな公刊物の文中ではどうも明らさまに名前を挙げることも憚《はばか》られるような、下につけるものを二つ仕立女に誂えなければならない。つまり、その金は一文残らず費《つか》い果してしまわなければならない訳である。仮に局長が、四十ルーブリの賞与の代りに四十五ルーブリか、乃至《ないし》五十ルーブリも支給してくれるほど情け深い人であったとしても、やはり残額は誠に僅少なもので、外套代にとっては、まさに大海の一滴にも当たらないだろう。尤もペトローヴィッチには、だしぬけに途轍《とてつ》もない法外な値段を吹っかける気まぐれな癖があるので、時には連れ添う女房までが堪りかねて、『まあ、お前さん、気でも狂ったのかね、馬鹿馬鹿しい！　どうかすると、まるでただみたいな値段で仕事を引き受けるかと思えば、今度は又、てんで正気の沙汰《さた》とも思われないような、まるで自分の柄にもない高い値段を吹っかけたりしてさ』と、思わず叫び出すようなことさえあるのは、彼も知っていた。それに勿論、せいぜい八十ルーブリくらいのところでペトローヴィッチが注文を引き受けるだろうことも、承知はしていたが、併《しか》しそれにしても、一体どこからその八十ルーブリという大金を工面したらいいのか？　せめて半額ぐらいならどうにかなるだろう。半額か、ことによれば、もう少し余計ぐらいは調達できるかもしれぬ。しかし、あとの半分は何処から工面するのだ？　……だが、読者は先ずその最初の半額が一体どこから手に入るのか、それを知って置く必要がある。アカーキイ・アカーキエヴィッチには、常づね一ルーブリつかう毎《ごと》に二カペイカ銅貨を一つずつ、鍵がかかって、蓋に金を入れるための小さい穴の切りあけてある小型の箱へ抛《ほう》り込んでおく習慣があった。そして半年ごとに溜《たま》った銅貨の額を調べては、それを細かい銀貨に取り換えておいた。彼はそれをかなり前から続けていたので、こうして数年の間に、その貯金の高が四十ルーブリ以上になっていた。そんな次第で入用の半額は既に手許にあったのである。だが、あとの半額は何処から手に入れたものか？　どうしてあとの四十ルーブリを調達したものか？　アカーキイ・アカーキエヴィッチは考えにも考えた末、少なくとも、向こう一年間は日常の経費を節約する外《ほか》はないと決心した。毎晩お茶を喫《の》むことをやめ、夜ぶんも蠟燭《ろうそく》を点《とも》さないことにして、若し何かしなければならないことでもあれば、主婦の部屋へ行って、そこの蠟燭の灯《あか》りで仕事をし、街を歩くにも、丸石や鋪石の上はなるだけそっと、用心深く爪立って歩くようにして、靴底が早く磨《す》りへらないように心がけ、また、なるべく下著も洗濯婦《せんたくや》へ出さないようにして、それらを著よごさないために、役所から帰ったら、さっそく脱いで、その代りに、ずいぶん古くなって、時の力にさえも容赦されている、天にも地にも一枚看板の、木綿《めん》まじりの寛衣《へやぎ》にくるまって過ごすことにした。正直なところ、こうした切りつめた生活に慣れるということは、彼にとってもさすがに最初のうちは聊《いささ》か困難であったが、やがてそれにもどうやら馴れて、追々うまく行くようになり、毎晩の空腹にすら、彼はすっかり慣れっこになった。けれど、その代りにやがて新しい外套が出来るという常住不断の想いをその心に懐いて、いわば精神的に身を養っていたのである。この時以来、彼の生活そのものが、何かしら充実して来た観があって、まるで結婚でもしたか、または誰かほかの人間が彼と一緒に暮らしてでもいるかして、今はもう独り身ではなく、誰か愉快な生活の伴侶が彼と人生の行路を共にすることを同意でもしたかとも思われた――而も、その人生の伴侶とは、ふっくらと厚く綿を入れて、まだ決して著ずれのしていない丈夫な裏をつけた新調の外套に他ならなかった。彼はどことなく前より生々《いきいき》して来て、性格までが宛《あたか》も心に一定の目的を懐ける人のように強固になった。その顔つきからも振舞いからも、いつとはなしに、疑惑の影や優柔不断の色――一言にしていえば、一切のぐらぐらした不安定な面影が消え失せたのである。時には、彼の眼の中にも赫《かっ》と火が燃え立ち、その脳裡《のうり》に恐ろしく大胆不敵な考えが閃《ひらめ》いて、ほんとに貂《てん》皮の襟でもつけてやるかな？などとすら思うことがあった。そうしたことをかれこれと思い廻《めぐ》らしながら、彼は殆《ほとん》ど放心状態に陥りさえした。一度などは書類の写しをしていながら、すんでのことに書き損ないをしようとして、『あっ！』と、ほとんど声に出して叫ぶなり、急いで十字を切ったものである。毎月たった一度ずつではあったが、彼は外套のことを――羅紗《ラシャ》はどこで買ったらいいか、色合はどんなのがよくて、値ごろはどの辺にしたものだろう、などと、ペトローヴィッチのところへ相談に出かけた。そして、いくぶん不安になりながらも、そうしたものが全部買い調えられて、やがては外套の出来あがる時が来るのだと考えて、いつも満足して家へ帰るのであった。ところが、事は彼が予期したより遥《はる》かに手っとり早く捗《はかど》った。まったく思いがけなくも、局長はアカーキイ・アカーキエヴィッチに対する賞与を四十ルーブリや四十五ルーブリどころか、実に大枚六十ルーブリと指定してくれたのである。果して彼が、アカーキイ・アカーキエヴィッチに外套の必要なことをそれと察してくれたのか、それとも自然にそういうことになったのか、それは兎も角、これで彼の懐ろには二十ルーブリという余分の金が生じた訳である。こうした事情によって、問題は意外にその速度を早めた。で、更に二、三ケ月のあいだ多少の空腹を辛抱すると、アカーキイ・アカーキエヴィッチの手許には正しく八十ルーブリ前後の金が纏《まと》まったのである。日頃は至って落ちつきのある彼の胸も、さすがに早鐘をうちだした。いよいよ金の出来た最初の日に、彼はペトローヴィッチと連れだって店へ出かけた。二人は非常に上等な羅紗を買った。それもその筈で、彼等はもう半年も前からそれについては考えに考えて、店へ値段をひやかしに行かなかった月は殆どなかった位だからである。その代り、当のペトローヴィッチでさえ、これ以上の羅紗地はあるまいと言った。裏地にはキャラコを選んだが、これまた地質のよい丈夫なもので、ペトローヴィッチの言葉によれば、絹布よりも上等で、外見もずっと立派な、艶《つや》もいい品であった。貂《てん》皮はなるほど高価《たか》かったので買わなかったけれど、その代りに、店じゅうで一番上等の猫の毛皮を――遠眼にはてっきり貂《てん》皮と見紛いそうな猫の毛皮を買った。

ペトローヴィッチは外套を仕立てあげるのにまる二週間もかかったが、それは綿をうんと入れたからで、それさえなければ、ずっと早く出来た筈である。仕立代としてペトローヴィッチは十二ルーブリとった――それ以下ではどうしても出来なかったのである。何しろ全部が全部、絹糸を使って、縫目を細かく二重にして縫ってから、ペトローヴィッチは縫目という縫目に自分の口でさまざまの歯型を刻みつけながら、緊《し》め固めたほどであるから。それは……いつの幾日であったか、しかとは言いかねるが、ペトローヴィッチがついに外套を届けに来た日は、恐らくアカーキイ・アカーキエヴィッチの生涯においていやが上にも厳かな日であったに違いない。それを持って来たのは、朝早く、ちょうど役所へ出かけなければならない、出勤まぎわの時刻であった。これほど誂え向きな時に外套が届けられるということは、ちょっと他にはあり得ないことだろう。というのはもうかなり厳しい凍寒《いて》が襲来して、しかもそれが愈々《いよいよ》甚だしくなりそうな脅威を感じさせていたからである。ペトローヴィッチは、さもひとかどの裁縫師らしく、外套を抱えてやって来た。彼の顔には、これまでアカーキイ・アカーキエヴィッチがついぞ一度も見たことのない勿体らしい表情が浮かんでいた。どうやら彼は、自分が仕上げたのはささやかな仕事ではなく、いつもせいぜい裏を代えたり、繕い仕事ぐらいよりしていない仕立屋と、新しいものを仕立てる裁縫師との截然たる懸隔をその伎倆《ぎりょう》に示したものと、十二分に自覚しているらしかった。彼は持って来たハンカチ包みから外套を取り出した。（そのハンカチは洗濯屋から届いたばかりのものであったから、彼は手早くそれを折り畳んで、本来の用に立てるべくポケットの中へしまい込んだものである。）彼は外套を取り出すと、さも得意げにそれを見やってから、両手で持ち上げて、アカーキイ・アカーキエヴィッチの肩へ実に器用に投げかけた。次いで、ちょっと引っぱって、背中を片手で下へ撫《な》でおろしておいてから、胸を少しはだけた、きざな恰好《かっこう》にアカーキイ・アカーキエヴィッチの身をくるんだので、アカーキイ・アカーキエヴィッチは年配の人間らしく、きちんと袖を通そうとした。そこでペトローヴィッチが手伝って袖を通させたが、通してみると、袖の具合もよかった。これを要するに、外套は申し分なく、ぴったりと軀《からだ》にあったのである。ペトローヴィッチはそれを機会《しお》に、自分は看板も懸けずに狭い裏通りに住んでおり、その上、アカーキイ・アカーキエヴィッチとは古い馴染《なじみ》であればこそ、こんなに安く引き受けたのであるが、これが若しネフスキー通りあたりだったら、仕立代だけでも七十五ルーブリはふんだくられるところだと吹聴することを忘れなかった。アカーキイ・アカーキエヴィッチはそのことでかれこれペトローヴィッチと議論をする気にはならなかった。それに、ペトローヴィッチがひろげたがる大風呂敷には聊《いささ》か辟易《へきえき》していたからでもある。彼は勘定をすますと、ちょっと礼を言ってから早速、新しい外套を著こんで役所へ出かけた。ペトローヴィッチもその後から外へ出ると、往来に立ちどまって、じっといつまでも遠くから外套を眺めていたが、それから今度は、わざわざ横へそれて、曲がりくねった路地を通って先廻りをして、また本通りへ出ると、もう一度、反対側から、つまり真正面から自分の仕立てた外套を眺めたものである。一方、アカーキイ・アカーキエヴィッチは、ぞくぞくするような気分で浮き立ちながら歩いていた。彼は束《つか》の間《ま》も自分の肩に新しい外套のかかっていることが忘れられず、何度も何度も、こみあげる内心の満足からにやりにやりと笑いを漏《も》らしさえした。確かに好いところが二つあった——一つは温かいことで、今一つは著心地のいいことである。彼は通って来た路筋などには全く気もつかず、いつの間にか、もう役所へ着いていた。守衛室で外套を脱ぐと、それを丹念に検《しら》べてから、よくよく注意をしてくれるようにと守衛に頼んだ。どうして知れたものか、アカーキイ・アカーキエヴィッチが新調の外套を著て出勤したこと、例の《半纏《はんてん》》はもう何処《どこ》にも見当たらないことが、忽《たちま》ち役所じゅうに知れ渡ってしまった。一同は即刻、アカーキイ・アカーキエヴィッチの新しい外套を見に守衛室をさしてどっと押しかけた。そして祝辞を述べたり、お世辞を言ったりし始めたので、こちらは初めのうちこそ、にやにや笑っていたが、しまいにはきまりが悪くさえなった。みんなが彼を取り巻いて、新しい外套のために祝杯をあげなければなるまいとか、少なくとも、一夕《いっせき》、彼等のために夜会を催す必要があるとか言い出した時には、アカーキイ・アカーキエヴィッチはすっかりまごついてしまって、一体どうしたらいいのやら、何と返答したものやら、どう言い逃れたものやら、さっぱり見当がつかなかった。数分の後には彼はもうすっかり赧《あか》くなって、これは決して新調の外套でも何でもなく、ただの古外套なのだと、飽くまで無邪気に一同を説き伏せにかかった。そうこうするうちに役人の一人で、副課長を勤めているほどの人物ではあるが、多分、おれは決して傲慢《ごうまん》な人間ではない、それどころか目下《めした》の者とさえ交際しているのだということを示すためであろうが、こんなことを言い出した。『まあ、いいさ、それじゃあ僕が一つアカーキイ・アカーキエヴィッチに代って夜会を催すことにするから、どうか今晩、お茶を飲みにやって来て下さい。ちょうどお誂え向きに、きょうは僕の命名日《なづけび》でもあるしするから。』言うまでもなく、役人連は即座に副課長に祝辞を述べて、大悦びでその申し出を受けいれた。アカーキイ・アカーキエヴィッチは辞退しようとしたが、一同が、それはかえって無作法だの、いや全く恥だの、不面目だのと言い出したので、もうどうにも断わるに断わりきれなくなってしまった。とはいえ、お蔭《かげ》で晩にも新しい外套を著て出られるのだと思うと、今度は又いい気持にもなって来た。この日一日というものは、まるでアカーキイ・アカーキエヴィッチにとっては最も盛大なお祭りのようであった。こよなく幸福な気分で家へ帰ると、彼は外套を脱いで、もう一度ほれぼれと羅紗《ラシャ》や裏地に見惚れてから、丁寧にそれを壁にかけたが、今度はそれと較べてみるつもりで、もうすっかりぼろぼろになっている、以前の《半纏》をわざわざ引っぱり出した。それを一目ながめて彼は思わず笑《ふ》き出してしまった――何という似ても似つかぬ相違だろう！　それからもずっと長いこと、食事を認《したた》めながらも、例の《半纏》のみじめな現在の身の上を心に思い浮かべては、絶えずくすくす笑っていた。気持よく食事を終わったが、食後ももはやどんな書類にも一切筆をとらず、そのまま暗くなるまで、暫《しばら》く寝台の上にごろごろしていた。それから、さっさと著換えをして、外套を引っかけると、表へ出た。ところで、くだんの招待主の役人が一体どこに住んでいたかは、残念ながら、聢《しか》と申しあげることが出来ない。記憶力がひどく鈍り、ペテルブルグにあるほどのものが街という街、家という家が、すっかり頭の中で混乱してしまっているので、その中から何なり筋道を立てて曳《ひ》き出すということが甚だ難しいのである。それは兎も角、少なくとも、その役人が市中でも目抜きの場所に住んでおり、従ってアカーキイ・アカーキエヴィッチのところからは、かなりの道程があったということだけは確実である。初めのうちアカーキイ・アカーキエヴィッチは、薄暗い街燈のついた、何となく寂しい街を通らなければならなかったが、当の役人の住いへ近づくにつれて、街路は次第に活気を帯びて、賑やかになり、照明もあかるく、通行人の数も一層ふえて、みなりの美しい婦人の姿も眼につけば、海狸皮《ラッコ》の襟をつけた紳士連にも出喰わした。鍍金釘《めっきくぎ》を打った格子組の木橇を引いた見すぼらしい辻待馭者《つじまちぎょしゃ》はだんだん影をひそめて、それとは反対に、緋《ひ》の天鵞絨《ビロード》の帽子をかぶり、熊の皮の膝掛をかけて漆塗《うるし》りの橇を御した、いなせな高級馭者がひっきりなく往来し、馭者台を飾り立てた箱馬車が、雪に車輪を軋《きし》らせながら、通りを疾走していた。こうしたすべてのものをアカーキイ・アカーキエヴィッチは、何か珍しいものでも見るように眺めやった。彼はもう何年も、夜の街へ出たことがなかったからである。彼は物めずらしげに、或る店の明るい飾窓の前に立ちどまって一枚の絵を眺めた。それには今しも一人の美しい女が靴をぬいで、いかにも綺麗な片方の足をすっかり剝《む》き出しにしており、その背後の、隣室の扉口から、頰髯を生やして唇の下にちょっぴりと美しい三角髭をたくわえた男が顔を覗けているところが描いてあった。アカーキイ・アカーキエヴィッチは首を一つ振ってにやりとすると、また目ざす方へと歩き出した。一体なぜ彼はにやりとしたのだろう？　まだ一度も見たことはなくても、何人もが予めそれについて或る種の感覚を具えているところの物件に邂逅《かいこう》したがためだろうか？　それとも、ほかの多くの役人たちと同じように、《いや、さすがはフランス人だ！　全く一言もない！　何か一つ思いついたが最後、それはもう、実にどうも！……》とでも考えてのことだろうか？　いや或《あるい》はそんなことも考えなかったのかもしれない。何しろ他人の肚《はら》の中へ入りこんで、考えていることを残らず探り出すなどと云うことは出来ない相談である。さて、アカーキイ・アカーキエヴィッチは遂《つい》に、副課長が住いを構えている家へと辿《たど》りついた。副課長はなかなか豪奢な暮らしをしていた。住いは二階で、階段にはあかあかと、燈《あか》りがついていた。控室へ入ると、その床にごたごたと並んだオーバーシューズの列がアカーキイ・アカーキエヴィッチの眼に映った。それにまじって、部屋の中央にはサモワールがしゅうしゅう言いながら盛んに湯気を吹き出していた。壁には、いろんな外套やマントが、ずらりと懸かっていたが、その中には海狸《ラッコ》の襟のついたのや、天鵞絨《ビロード》の折り返しのついたのもまじっていた。壁のむこうで、ざわめく音や話し声が聞こえていたが、扉があいて従僕が盆に空《から》のコップやクリーム入れやラスクの籠《かご》を載せて出て来た時には、それが急にはっきりと聞こえ出した。明らかに役人たちはもう疾っくに集まっていて、先《ま》ず最初のお茶を一ぱいずつ飲み乾したところらしい。アカーキイ・アカーキエヴィッチが自分で外套をかけて、その部屋へ入ると、彼の眼の前には蠟燭の灯と、役人連と、煙管《パイプ》と、骨牌《カルタ》の卓子《テーブル》が一時にぱっと閃き、四方八方から起こる矢継ぎばやの話し声や、椅子《いす》を動かす音が雑然と彼の耳朶《みみたぶ》を打って来た。彼はどうしたらいいかに思い惑いながら、ひどくぎこちなく部屋の真ん中に立ちすくんでしまった。ところが、はやくもその姿を認めた一同は、わっと歓声をあげて彼を迎えると、さっそく控室へ駈け出して、またもや、ためつすがめつ彼の外套の品さだめをした。アカーキイ・アカーキエヴィッチは聊かてれはしたものの、根が正直な人間だけに、みんなが自分の外套を褒めちぎるのを眺めては、どうしても喜ばずにはいられなかった。しかし当然のことではあるが、一同の者は間もなく彼も外套もうっちゃっておいて、例の如くヴィストのために定められた卓子《テーブル》へ戻ってしまった。凡《すべ》てこれらのもの――騒音や、話し声や、人々の群れが、アカーキイ・アカーキエヴィッチには何となく奇態なものに思われた。彼は一体どうしたらいいのか、自分の手足や五体のすべてをどこへ置いたらいいのか、さっぱり見当がつかなかった。それでもとうとう終《しま》いに、勝負をしている人々の傍らへ腰をおろすと、骨牌《カルタ》を眺めたり、あちこちの人の顔を覗きこんだりしていたが、暫くすると、欠伸《あくび》が出て、退屈を感じはじめた。それにいつもなら、もうとっくに床に就く時刻なので、尚更のことであった。彼は主人に暇《いとま》を告げて帰ろうと思ったが、みんなは是が非でも新調祝いにシャンパンの杯を挙げなければならないからと言って、いっかな放そうとはしなかった。一時間ばかりして、野菜サラダと犢《こうし》の冷肉と、パイと、菓子屋から取った肉饅頭《にくまんじゅう》と、それにシャンパンなどで夜食が出た。アカーキイ・アカーキエヴィッチはシャンパンを無理やり二杯飲まされた。すると部屋の中がずっと陽気になったような気がし始めたけれど、それでも、もう十二時にはなっているし、疾っくに家へ帰らなければならぬ時刻だということは、どうしても忘れることが出来なかった。そこで彼は、とやかく主人から引きとめられないようにと、こっそり部屋を抜け出して、控室で外套を探したが、それは痛ましくも床の上へ落ちていた。よく振って埃《ほこり》をすっかり払いおとすと、それを肩にひっかけて、彼は階段を降りて表へ出た。街はそれでもまだ明るかった。界隈《かいわい》の奉公人やいろんな連中の不断の集会所になっている、そこいらあたりの小売り店はまだあいていた。もう閉めている店もあったが、扉の隙間《すきま》から長い灯影が洩れているのは、まだ彼等の集《つど》いがひけていないこと――恐らくそれらの召使たちは、さっぱり彼等の居どころが分からないため、めいめいの主人たちがすっかり当惑しているのを他所《よそ》に、まだいつもの無駄口や世間話に鼻《けり》をつけているのだということを物語っていた。アカーキイ・アカーキエヴィッチは甚《ひど》く上機嫌で歩いていたが不図《ふと》、一人の婦人がどうした訳か、まるで稲妻のように傍らを通り抜けながら、肢体の各部で奇妙な素振《そぶり》を見せて行く後を追っかけようとした程であった。しかし彼は咄嗟に立ちどまると、どうしてこんなに足早になったのかと我ながら怪しみながら、再び前のとおり極めて静かに歩き出した。間もなく、彼の眼の前には、昼間ですらあまり賑やかではなく、況《いわ》んや夜は尚更さびしい通りが現われた。それが今は、一入《ひとしお》ひっそり閑《かん》と静まり返り、街燈も稀《まれ》にちらほら点《つ》いているだけで――どうやら、もう油が竭《つ》きかかっているらしい。木造の家や垣根がつづくだけで、何処にも人っ子ひとり見かけるではなく、街路にはただ雪が光っているだけで、鎧戸《よろいど》を閉めて寝しずまった、軒の低い陋屋《ろうおく》がしょんぼりと黒ずんで見えていた。やがて彼は、向こう側にある家が見かすむくらい広々として、まるで物凄《ものすご》い荒野のように思われる空地で街が中断されている場所へと近づいた。

何処かとんと見当もつかないほど遠くの方に、まるで世界の涯《はて》にでも立っているように思われる交番の灯りがちらちらしていた。ここまで来るとアカーキイ・アカーキエヴィッチの朗らかさも何だかひどく影が薄くなった。彼はその心に何か不吉なことでも予感するもののように、我れにもない一種の恐怖を覚えながらその広場へ足を踏み入れた。後ろを振り返ったり、左右を見廻したりしたが――四辺はまるで海のようだった。《いや、やはり見ない方がいい。》そう考えると彼は眼をつぶって歩いて行った。やがて、もうそろそろ広場の端へ来たのではないかと思って眼をあげた途端に、突然、彼の面前、ほとんど鼻のさきに、何者か、髭をはやした手合がにゅっと立ちはだかっているのを見た。しかしそれが果して何者やら、彼にはそれを見分けるだけの余裕もなかった。彼の眼の中はぼうっとなって、胸が早鐘のように打ちはじめた。『やい、この外套はこちとらのもんだぞ!』と、その中の一人が彼の襟髪をひっ摑みざま、雷のような声で呶鳴《どな》った。アカーキイ・アカーキエヴィッチは思わず《助けて!》と悲鳴をあげようとしたが、その時はやく、もう一人の男が『声をたてて見やがれ!』とばかりに、役人の頭ほどもある大きな拳《こぶし》を彼の口許へ突きつけた。アカーキイ・アカーキエヴィッチは外套を剝《は》ぎとられ、膝頭で尻を蹴られたように感じただけで、雪の上へ仰向けに顚倒《てんとう》すると、それきり知覚を失ってしまった。暫くして意識を取り戻して起《た》ちあがった時には、もう誰もいなかった。彼はその広っぱの寒いこと、外套のなくなっていることを感じて、喚《わめ》きはじめたが、とうていその声が広場の端までとどく筈はなかった。絶望のあまり彼はひっきりなしに喚き立てながら、広場を横ぎって驀地《まっしぐら》に交番をめがけて駈け出した。交番の傍らには一人の巡査が例の戟《ほこ》にもたれて佇《たたず》んでいたが、大声で喚きながら遠くからこちらへ走って来るのは一体どこのどいつだろうと、どうやら好奇心を動かされたらしく、じっと眼を凝らした。アカーキイ・アカーキエヴィッチは巡査のところへ駈けつけると、息ぎれで声もしどろもどろに、君は居睡《いねむ》りなどして、注意を怠っているから、人が追剝《おいはぎ》にかかっても知らないでいるんだ、と呶鳴り出した。巡査は、いっこう何も気がつかなかったが、なるほど広場の真ん中で二人の男があなたを呼びとめたのは知っている、けれど多分あれはお友達だろうと思ったと答えて、茲《ここ》で徒らに愚図愚図《ぐずぐず》いうよりは、明日警部のところへ訴えて出れば、外套を奪った犯人を捜査して呉れると言った。アカーキイ・アカーキエヴィッチは全く取り乱した姿で家へ駈け戻った。顳顬《こめかみ》と後頭部にほんの僅かばかり残っていた髪の毛はすっかり縺《もつ》れて、脇や胸や、それにズボンが全体に雪だらけになっていた。宿の主婦である老婆は、けたたましく扉を叩く音を聞きつけると、急いで牀《とこ》から跳《は》ね起きて、片方だけ靴を突っかけたまま、それでもたしなみから肌著の胸を押えながら、扉を開けに駈け寄った。しかし扉をあけて、アカーキイ・アカーキエヴィッチのその風体を見ると思わずたじたじと後ずさりをした。彼が一部始終を話すと、老婆はぽんと手を拍《う》って、それなら真っ直ぐに本署へ行かなければ駄目だ、駐在所などではいい加減なことを言って口約束だけはしても、埒《らち》があかない、やはり一番いいのはじかに署長のところへ行くことだ、署長なら、もと自宅《うち》の炊事婦をしていたアンナというフィンランド女が今あすこの乳母に傭《やと》われているので自分も知りあいであり、また、よくこの家の傍を通るのを見かけもするし、日曜には必ず教会へお祈りに行って、その際みんなの顔を愉しそうに眺めている、だから、どう見ても、気だての優しい人に違いない、というのだった。こんな意見を聞いて、アカーキイ・アカーキエヴィッチは悄然《しょうぜん》として自分の部屋へ引きとったが、そこで彼がどのようにして一夜を過ごしたかは――少しでも他人の境遇を自分の身に引きくらべて考えることの出来る人にはたやすく想像のつくことである。翌《あく》る朝はやく、彼は署長のところへ出かけて行った。しかし、まだ眠っているという話だったので、改めて十時に行ったが、またもや『お寝《やす》みです』といわれた。十一時にまた行ってみると、今度は『署長は、留守です』との話。そこでまた午飯《ひるめし》どきに行くと――玄関にいた書記たちが、いっかな通そうともしないで、どんな用があるのか、何の必要があって来たのか、いったい何事が出来《しゅったい》したのかと、うるさくそれを問い糺《ただ》そうとした。そこで遉《さすが》のアカーキイ・アカーキエヴィッチもついに一世一代の気概を見せる心になって、自分はじきじき署長に面会する必要があって来たのだ、君たちには自分を通さない権利などはあり得ない、自分は公用を帯びて役所から来たのだから、もし自分が君等を訴えたなら、その時こそ吠《ほ》え面《づら》をかかねばならぬぞ、と断乎として言い放った。それには書記連も一言も返す言葉もなく、その中の一人が署長を呼びに行った。署長は外套追剝の話を何かひどく変な風に解釈した。彼は事件の要点にはいっこう注意を向けないで、アカーキイ・アカーキエヴィッチに向かって、一体どうしてそんなに遅く帰ったのか、どこか如何《いかが》わしい家へでも寄っていたのではないか、などと問い糺しはじめた。それでアカーキイ・アカーキエヴィッチはすっかり面喰らってしまい、外套の一件が適当な措置をとられるものやらどうやら、さっぱり分からないままで、そこを出てしまった。この日いちにち、彼はとうとう役所へ出勤しなかった。(こんなことは一生に一度きりのことであった。）翌る日、彼は真《ま》っ蒼《さお》な顔をして、今は一層みすぼらしく見えるくだんの《半纏《はんてん》》を著て出勤した。外套を強奪された話は、中には、こんな場合にすら、アカーキイ・アカーキエヴィッチを嘲笑せずにはいられない役人もあるにはあったが――しかし多くの者の心を動かした。で早速、彼のために義捐金《ぎえんきん》を集めることに話がきまった。が、いざ集めてみると、それは極めて少額であった。というのは、役人連中はそれでなくてさえ、やれ局長の肖像のための寄附だとか、やれ何とかいう本を、著者の友人である課長の肝煎《きもいり》で買わされるとかで、かなり多額の出費をしていたからである。そんな訳で、集まった醵金《きょきん》は実に瑣々《ささ》たるものに過ぎなかった。そこで或る一人の男がつくづくと同情の念に動かされて、せめて良い助言でもしてアカーキイ・アカーキエヴィッチを助けてやりたいものと思い、駐在所へなぞ行くことじゃない、よしんば上官に褒められたさ一杯で、駐在所が何とかしてその外套を探し出したところで、それがこちらのものに違いないという法律的な証拠を提出しない限り外套はやはり警察に留め置きということになるからだ。そこで何よりいい方法は、或る有力な人物にたよることだ。その有力な人物なら、あちこち適当な方面と連絡を取って、この訴えが上首尾に取り運ばれるように尽力して呉れることが出来るから、と言った。何とも仕方がないので、アカーキイ・アカーキエヴィッチはその有力な人物のところへ出かける決心をした。ところで、その有力な人物の職掌が何で、どんな役目に就いていたか、その辺のことは今日まで分かっていない。ただこの有力な人物も、つい最近に有力者になったばかりで、それまではいっこう無力な人間にすぎなかったということを知っておく必要がある。と言ったところで、彼の現在の地位にしても、更に重要な地位と比較すれば、大して有力なものとは言えなかったのである。しかし、いつの世にも、他人の眼から見ればいっこう重要でも何でもない地位を自分ではさも大層らしく思い込んでいる連中があるものである。ところで、彼はさまざまな手段を弄して、自分の偉さを強調しようと努めていた。例えば、自分が登庁する際には下僚に階段まで出迎えさせることにしたり、誰にも自分の前へ直接《じか》に出頭するようなことは許さず、恐ろしく厳格な順序を踏んで、先ず十四等官は十二等官に報告し、十二等官は九等官なり、または他の適当な役人に取り次ぐという具合にして、最後にやっと用件が彼のところへ到達するようにしていたのである。これはもう聖なるロシアにおいてはあらゆるものが模倣に感染している証左で、猫も杓子《しゃくし》も自分の長官の猿真似をしているのである。こんな噂まである。何でも或る九等官は、とある小さな局長に任命されると早速自分だけの部屋を仕切って、それを『官房』と名づけ、扉口には赤襟にモールつきの服を著せた案内係を置いて、来訪者のあるごとに、いちいち把手《とって》をとって扉を開けさせたものである。而《しか》もその『官房』たるや、ありきたりの書物卓《かきものづくえ》が一脚、どうにか無理やりに置ける位のものであったとのことである。さて、くだんの有力者の態度や習慣は、なかなかどっしりして、威風堂々たるものであったが、しかし聊《いささ》か小煩《こうるさ》いところがあった。彼の主義方式の根柢は主として厳格という点にあった。『厳格、厳格、また厳格』と彼はいつも口癖のように言っていたが、その最後の言葉を結ぶ時には、きまって相手の顔をひどく意味深長に眺めやるのであった。とはいえ、これは何ら謂《いわ》れのあることではなかった。何故《なぜ》なら、この事務局の全機構を形成している十人ばかりの官吏は、それでなくてさえいい加減怖気《おぞけ》をふるっていたからである。彼等は遠くからでも彼の姿を見かけると、直ちに事務の手をやめ、直立不動の姿勢で、長官が部屋を通り去るのを待ったものである。彼が下僚を相手に取り交わす日常の会話も、いかにも厳格な調子で、殆ど次の三、四句に限られていた。『言語道断ではないか？　いったい誰と話しているのか分かっとるのか？　君の前にいるのを誰だと思う？』そうは言っても、根は善良な人間で、同僚ともよく、人にも親切であった。ただ勅任官という地位がすっかり彼を混乱させてしまったのである。勅任官の位を授かると、彼は妙にまごついて、ひどく脱線してしまい、全く自分をどうしたらいいのか、さっぱり見当がつかなかったのである。偶《たまたま》と、同輩の者と一緒のときはまだしも、決して申し分のない、なかなかしっかりした人柄で、あらゆる点に於《お》いて如才のない人間でさえあったが、いったん自分より一級でも下の連中の仲間へ入ったが最後、彼はまるで手も足も出なくなって、しんねりむっつりと黙りこんでしまう。その容子《ようす》が、彼自身でもこれとは較べものにならないほど愉快に時を過ごすことが出来そうなものをと感じているだけになおさら憐憫《れんびん》の情をそそるのであった。時には彼の眼にも、何か面白そうな集《つど》いや談笑の仲間入りがしたくて堪《たま》らないという激しい欲望の仄《ほの》見えることもあったが、これも、それでは余りにこちらから身を低うすることになりはせぬか、馴れ馴れし過ぎはすまいか、こんなことをしては自分の沽券《こけん》にかかわりはせぬか、などといった杞憂《きゆう》に沮《はば》まれてしまう。そうした取越苦労のために、つい尻込みをして、彼は相も変らず、いつも沈黙を守り続け、ただ時たま何か極めて短い言葉を挿む位に過ぎなかった。そのために彼は退屈極まる人間という称号を贏《か》ち得たのであった。わがアカーキイ・アカーキエヴィッチのやって行ったのは、実にこうした有力者の許《もと》であった。しかもそのやって行った時たるや、相手の有力者にとっては好都合な時であったが、彼自身にとっては最も具合の悪い、不首尾きわまる時であった。折しもくだんの有力者は自分の書斎で、つい最近に上京したばかりの、古い友人であり、且《か》つ幼馴染《おさななじみ》であって、ここ数年来互いに相見なかった男と頗《すこぶ》る愉快に話し込んでいた。丁度そういうところへ、バシマチキンなる人が来訪したと取り次がれたのである。彼は吐き出すように『どんな男だ？』と訊《たず》ねた。『どこかの役人です』との答えである。『ああ！　待たせておけ、今は忙しいんだから』と有力者は言った。茲《ここ》で断わっておかなければならないのは、この有力者がまるで根も葉もない嘘をついたということである。なあに、彼は忙しくも何ともなかったのである。彼はもう疾《と》っくにその友人と何もかも語りつくして、さっきから時どき話を途切らしては、かなり長く黙りこみ、ただその合間合間に、軽くお互いの膝を叩きながら、『という訳か、イワン・アブラーモヴィッチ！』――『そういう訳さ、ステパン・ワルラーモヴィッチ！』などと繰り返しているに過ぎなかった。しかし、それにも拘らず、彼が役人を待たせておくように命じたのは、もうずっと前に官途を退いて、田舎《いなか》の家に引っこんでいた友人に、自分のところでは役人がどんなに長く玄関で待たされるかを見せびらかそうがためであった。とうとう話の種《たね》も尽き、その上いい加減あきるほど黙りこんで、折畳み式のもたれのついた至極《しごく》具合のいい安楽椅子に深々と腰かけたまま、悠々と葉巻を一本くゆらしてから、やっと、今急に思い出したような顔をして、ちょうど報告のための書類をもって扉口に立っていた秘書に、こう言ったものである。『うん、そうそう、誰か役人が来て、待っていた筈だねえ、入ってもよろしいと言ってくれ給え。』彼はアカーキイ・アカーキエヴィッチの慎《つつ》ましやかな容子と、古ぼけた制服に眼をとめると、いきなり彼の方へ向き直って、『何の用だね？』と、ぶっきら棒な強い語調で言った。その語調は、彼が勅任官に任命されて現在の地位を得る一週間も前から、一人きり自室に閉じこもって、鏡の前で予め練習しておいたものであった。アカーキイ・アカーキエヴィッチは、もういい加減に怖《おじ》気づいてどぎまぎしていたが、廻らぬ舌を精いっぱい働かせて、いつもより却《かえ》って頻繁に、例の《その》という助詞を連発しながら、外套は全然新しい物であったのに、それが今は実に非道なやり方で強奪されてしまったこと、それで今日お邪魔したのは、御斡旋《ごあっせん》をねがって、何とかして、その、警視総監なり誰なり、然《しか》るべき筋と打ち合わせて、外套を探し出していただきたいが為《ため》であると説明した。どうしたものか、勅任官には、そうした態度があまりに馴れ馴れし過ぎるように思われた。「何だね、貴下《きみ》は」と、彼は吐き出すように言った。「ものの順序というものを御存じないのかね？　君は一体どこへやって来たんだ？　手続きというものを知らないのかね？　こういう場合には先ず第一、事務課へ願書を提出すべきじゃ。するとそれが主事の手許へ行き、課長のところへ移されて、それから秘書官に廻されるちうと、初めてそれが秘書官の手を経て本官の許へ提出されるのが順序なのじゃ……。」

「ですけれど閣下」とアカーキイ・アカーキエヴィッチは、なけなしの勇気を振りしぼると同時に、おそろしく汗だくになったと自ら感じながら口を切った。「閣下、わたくしが、強《た》って御迷惑なお願いをいたしますのは、実は、秘書官などと申しますものは、その……まったく当てにならない連中でございますからで……。」

「なに、なに、なんだと？」と、有力者は急《せ》きこんで、「君は一体どこからそんな精神を仕入れて来たのだ？　何処からそのような思想を持って来たのだ？　長官や上長に対して、若い者の間には、何たる不埒《ふらち》な考えが拡がっとることか！」有力者はどうやら、アカーキイ・アカーキエヴィッチが既に五十の坂を越しており、従って、彼を若いということが出来るとすれば、それは七十にもなる老人と対照した場合に限るということに気がつかなかったらしい。「君はそんなことをいったい誰に向かって言っているつもりなんだ？　君の前にいるのが抑《そもそも》と誰だか分かってるのか？　分かってるのか？　分かってるのか？　さ、どうだ？」茲《ここ》で彼は、アカーキイ・アカーキエヴィッチならずとも、ぎょっとしたに違いないような威丈高《いたけだか》な声を張りあげながら、どしんと一つ足を踏み鳴らした。アカーキイ・アカーキエヴィッチはそのまま気が遠くなり、よろよろとして、全身をわなわな顫《ふる》わせ始めると、もうどうしても立っていることが出来なくなってしまった。で、若《も》しもそこへ守衛が駈けつけて、身を支えてくれなかったら、彼は床の上へばったり倒れてしまうところであった。彼はまるで死んだようになって運び出された。ところが、予期以上の効果に気をよくした有力者は、自分の一言でひとりの人間の感覚をさえ麻痺《まひ》させることが出来るという考えにすっかり有頂天になり、友人がこれをどんな眼で見ているだろうかと、ちらとそちらを横眼で眺めたが、その友人がまったく啞然《あぜん》たる顔つきをして、そのうえ怖気づきかかってさえいる様子を見て取ると、満更でもない気持になったものである。

どうして階段を降りたものやら、どうして街へ出たのやら、アカーキイ・アカーキエヴィッチにはそんなことは少しも憶えがなかった。彼は自分の手足の知覚さえ感じなかった。生涯に一度としてこんなに酷《ひど》く長官から、それも他省の長官から叱責《しっせき》されたことはなかった。彼は街上に吹きすさぶ吹雪《ふぶき》の中を、口をぽかんと開けたまま、歩道を踏みはずし踏みはずし歩いて行った。ペテルブルグの慣わしで、風は四方八方から、小路という小路から彼を目がけて吹きつけた。忽ち彼は扁桃腺《へんとうせん》を冒されて、家へ辿《たど》りつくなり、一言も口をきくどころか、全身にすっかり腫《むく》みが来て、そのままどっと寝込んでしまった。当然の叱責が時にはこれほど強い効果を現わすのである！　翌日になるとひどい熱が出た。ペテルブルグの気候の仮借なき援助によって、病勢が予想外に早く昂進《こうしん》したため、医者は来たけれど、脈をとって見ただけで、如何《いかん》とも手の施しようがなく、ただ医術の恩恵にも浴せしめずして患者を見殺しにしたといわれないだけの申し訳に、彼は湿布の処方を書いただけであった。しかもその場で、一昼夜半もすれば間違いなく駄目だと宣告して、さて、宿の主婦の方を向いて、『ところで小母《おば》さん、あんたは、時間を無駄にすることはないから、早速この人の為に松の木の棺を誂《あつら》えときなさい。この人には槲《かしわ》の棺ではちと高価《たか》すぎるからね。』アカーキイ・アカーキエヴィッチは、こうした自分にとって致命的な言葉を耳にしただろうか。もし耳にしたとしても、それが彼に激動を与えたかどうか、己れの薄命な生涯を歎《なげ》き悲しんだかどうか、それは全く不明である。何故なら、彼はずっと高熱にうかされて夢幻の境を彷徨《ほうこう》していたからである。彼の眼前には次から次へと奇怪な幻覚がひっきりなしに現われた。自分はペトローヴィッチに会って、泥棒をつかまえる罠《わな》のついた外套を注文しているらしい。その泥棒どもがしょっちゅう寝台の下にかくれているような気がするので、彼はひっきりなしに主婦を呼んでは、蒲団《ふとん》の下にまで泥棒が一人いるから曳《ひ》きずり出してくれと強請《せが》んだりする。そうかと思うと、ちゃんと新調の外套があるのに、何だって古い半纏《はんてん》なんか眼の前に吊るしておくんだと訊ねたり、そうかと思うと、自分が勅任官の前に立って当然の叱責を受けているものと思い込み、『悪うございました、閣下』などと言ったりするが、果ては、この上もなく恐ろしい言葉づかいで、聞くに堪《た》えないような毒舌を揮《ふる》ったりするので、ついぞこれまで彼の口からそんな言葉を聞いたことのない主婦の老婆は、剰《あまつさ》えそうした言葉が《閣下》という敬語の直《す》ぐ後に続いて発せられるのに驚いて、十字を切ったほどであった。それから先は全くたわいもないことを口走るのみで、何のことやら、さっぱり分からなかったが、そうした支離滅裂な言葉や思想が、相も変らず例の外套を中心にぐるぐると廻っていたということだけは確かである。ついに哀れなアカーキイ・アカーキエヴィッチは息を引きとった。彼の部屋にも所持品にも封印はされなかった。それというのも第一には相続人がなかったし、第二に遺産といっても殆ど取るに足らなかったからである。即ち、鵞《が》ペンが一束に、まだ白紙のままの公用紙が一帖、半靴下が三足、ズボンからちぎれた釦《ボタン》が二つ三つ、それに読者諸君が先刻御承知の《半纏》——それだけであった。こうした品が残らず何人《なんぴと》の手に渡ったかは知る由もない。いや、正直なところ、この物語の作者には、そんなことはいっこう興味がないのである。アカーキイ・アカーキエヴィッチの遺骸は運び出されて、埋葬された。かくして、そんな人間は初めから生存しなかったもののように、アカーキイ・アカーキエヴィッチの存在はペテルブルグから消失したのである。誰からも庇護《ひご》を受けず、誰からも尊重されず、誰にも興味を持たれずして、あのありふれた一匹の蝿をさえ見逃さずにピンで留めて顕微鏡下で点検する自然科学者の注意をすら惹《ひ》かなかった人間——属僚的な嘲笑にも甘んじて堪え忍び、何ひとつこれという事績も残さずして墓穴へ去りはしたけれど、たとえ生くる日の最後の際《きわ》であったにもせよ、それでも兎も角、外套という形で現われて、その哀れな生活を束の間ながら活気づけてくれた輝かしい客に廻《めぐ》りあったと思うと忽《たちま》ちにして、現世にあるあらゆる強者の頭上にも同じように襲いかかる、あの堪え難い不幸に圧《お》しひしがれた人間は、ついに消え失せてしまったのである！……その死後数日たって、彼の宿へ役所から、即刻出頭すべしという局長の命令をもった守衛が遣わされた。しかし守衛は空《むな》しく立ち帰って、彼がもはや登庁し得ないことを報告して、『何故？』という質問に対しては、『何故って、亡くなってしまったんですよ。一昨々日《さきおととい》、葬《とむ》らいも済みましたそうで』と、答える他はなかった。こんな具合にして、アカーキイ・アカーキエヴィッチの死は局内に知れ渡り、もうその翌日からは、彼の席に新しい役人が坐っていたが、それは背も遥かに高かったし、その筆蹟も、あんなに真っ直ぐな書体ではなく、ずっと傾斜して歪《ゆが》んでいた。

ところが、これだけでアカーキイ・アカーキエヴィッチに就いての物語が全部おわりを告げた訳ではなく、まるで生前に誰からも顧みられなかった償いとしてでもあるように、その死後なお数日のあいだ物情騒然たる存在を続けるように運命づけられていようなどと、誰が予想し得ただろう？　しかも偶《たまたま》とそんなことになってこの貧弱な物語が、思いもかけぬ幻想的な結末を告げることになったのである。突然、カリンキン橋のほとりや、そのずっと手前の辺まで、夜な夜な官吏の風体をした幽霊が現われて、盗まれた外套を捜しているという噂がペテルブルグじゅうに拡がり、盗まれた外套だといっては、官位や身分のけじめなく、あらゆる人々の肩から外套という外套を、それが猫の毛皮のついたのであろうが、海狸《ラッコ》皮のついたのであろうが、綿いれのであろうが、浣熊《あらいぐま》や狐や熊などの毛皮外套であろうが、要するに、凡《およ》そ人がその身を蔽うために考えついた毛皮や鞣皮《なめしがわ》なら何でも剝《は》ぎ取ってしまうという噂であった。某局の官吏の一人は目のあたりその幽霊の姿を見て、立ちどころにそれがアカーキイ・アカーキエヴィッチであることを看破した。しかしそのために却って非常な恐怖に襲われて、後をも見ずに遮二無二《しゃにむに》、駈け出してしまった。それゆえ、死人の顔をはっきり見とどける訳には行かず、ただ死人が遠くから指でこちらを脅かしているのを見ただけであった。かくて、あらゆる方面から、九等官あたりならまだしも、七等官の肩や背中までが屢々《しばしば》外套を剝ぎとられるので、すっかり感冒の脅威にさらされているという愁訴の声がのべつに聞こえて来た。警察では、どんなことがあっても、生きたものであろうが死んだものであろうが、その幽霊を逮捕して、他へのみせしめに、もっとも手酷《てきび》しい方法で処罰しようという手配がついていて、それがもう少しで成功するところであった。というのは外《ほか》でもない、某区の一巡査がキリューシキン小路で、嘗《かつ》てフリュート吹きであった或る退職音楽師の粗羅紗《ラシャ》の外套を剝ぎ取ろうという犯行の現場で、将《まさ》にくだんの幽霊の襟髪を、完全に取って押えようとしたのである。その襟髪を摑《つか》みざま、彼は大声で喚いて二人の同僚を呼び、その二人に幽霊を押えていてくれと頼んで、自分はほんのちょっとの間、長靴の中をさぐって、樺の皮の嗅煙草《かぎたばこ》入れを取り出すと、これまでに六度も凍傷にかかったことのある自分の鼻に、一時、生気をつけようとしたのであるが、恐らくその嗅煙草が死人にさえ我慢のならぬ代物《しろもの》だったのであろう――巡査が指で右の鼻の孔《あな》を塞《ふさ》ぎ、左の鼻の孔で半つかみほどの嗅煙草を吸いこもうとするや否や、突然幽霊が嚔《くしゃみ》をしたため、三人の巡査は何《いず》れも目潰しをくわされてしまった。そこで彼等が拳《こぶし》で眼をこすっている隙に幽霊は影も形もなく消え去《う》せていた。で、果して幽霊が彼等の手中にあったのやらどうやら、それさえ頓と分からなくなってしまった。それ以来、巡査たちは幽霊に対する恐怖のあまり、生きた犯人を捕えることをさえ危ぶんで、ただ遠くから『おい、こら、さっさと行け！』などと呶鳴《どな》る位が関の山であったから、役人の幽霊はカリンキン橋の向こう側へさえ姿を現わすようになって、あらゆる臆病な人々に多大の恐怖を抱かせたものである。それはさて、われわれはこの徹頭徹尾真実な物語が、幻想的傾向を取るに至った、事実上の原因といっても差支えないくだんの有力者のことを全く等閑に附していた。第一に公平という義務観念の要求によって述べなければならないのは、哀れなアカーキイ・アカーキエヴィッチが滅茶苦茶に叱り飛ばされて、すごすごと立ち去ってから間もなく、例の有力者は何かしら悔恨に似た感じを抱いたということである。彼とても決して血も涙もない人間ではなかった。ともすれば、官位がそれを表白することを妨げ勝ちであったとはいえ、彼の胸奥にも多くの善心が潜んでいたのである。遠来の友が彼の書斎を出て行くや否や、彼はアカーキイ・アカーキエヴィッチのことをじっと考えこんだほどであった。そしてその時以来、殆ど毎日のように、職責上の叱責にすら耐え得なかったあのアカーキイ・アカーキエヴィッチの蒼《あお》ざめた顔が彼の眼前に浮かんだ。余りにもその官吏のことが気になってならないので、一週間ほど後、彼は思いきって、あの男はどうしたろう、どんな様子だろう、また実際、何とか彼を援助してやれないものだろうかと、それを知るために下役を出むかせたほどである。が、やがてアカーキイ・アカーキエヴィッチが熱病で急逝したという報告が齎《もたら》されると、彼は愕然《がくぜん》として驚き、良心の呵責《かしゃく》を感じて、終日怏々《おうおう》として楽しまなかったほどである。彼は少しでも心をまぎらして不快な印象を免れたいものと考えて、或る友人の家の夜会へ出かけて行ったが、そこには相当の人数が集まっており、尚さいわいなことに、それが何れも殆ど自分と同等の身分の者ばかりであったので、彼は少しも固苦しい思いをする必要がなかった。それが彼の心境に驚くべき作用を齎した。彼は打ち寛《くつろ》ぎ、気持よく談笑して、にこにこと愛想もよかった――一言にしていえば、一夕《いっせき》を非常に愉快に過ごしたのである。晩餐《ばんさん》の席ではシャンパンを二杯傾けたが、これは周知の通り上機嫌になるには持って来いの薬である。このシャンパンが彼にいろんな突飛《とっぴ》な気分を沸き立たせた。そこで彼は、まだ家へは真っ直ぐに帰らないで、予《かね》て馴染の婦人のところへ立ち寄ろうと肚をきめたのである。それはどうやらドイツ生まれらしいカロリーナ・イワーノヴナという女で、彼がことのほか懇《ねんご》ろな情意を寄せている相手であった。断わって置かねばならないが、この有力者はもう決して若い方ではなく、よき良人《おっと》であり、尊敬すべき一家の父でもあった。二人の息子のうち一人は既に役所づとめをしていたし、幾ぶん反《そ》り気味ではあったが、なかなか美しい鼻を持った十六になる愛くるしい娘もあって、彼等は毎朝、『お早う《ボンジュール》、パパ』と言いながら彼の手を接吻しに来た。夫人はまた瑞々《みずみず》しくて、縹緻《きりよう》も決して悪くない方であったが、先ず自分の手を与えて良人に接吻させ、そのまま裏返して今度は良人の手に接吻するのだった。しかしこの有力者は、こうした幸福な家庭生活にすっかり満足していながらも、懇ろな関係の女友達を一人ぐらい都の他の一角に囲っておくのは妥当なことだと考えた。その女友達は彼の細君に較べてどれだけ美しくもなければ、若くもなかったが、これは世間にはざらにあることで、こんな問題を云々《うんぬん》することはわれらの与り知るところではない。で、くだんの有力者は階段を降りて、橇に乗ると、『カロリーナ・イワーノヴナのところへ！』と馭者《ぎよしや》に命じておいて、自分は実にふっくらと温かい外套にくるまると、ロシア人にとって到底これ以上のことは考え出されないくらい愉快な状態、つまり自分では何ひとつ考えようともしないのに、一つは一つより楽しい思いがひとりでに浮かんで来て、こちらからそれを追っかけたり捜し求めたりする面倒は更々ないといった状態に身を委《まか》せたのである。すっかり満足しきった彼は、今すごして来たばかりの夜会のあらゆる愉快な場面や、小人数のまどいをどっとばかりに笑わせたいろんな言葉をそこはかとなく思い出した。そして、それらの言葉の多くを声に出して繰り返してみたりさえしたが、それがやはり先刻のとおりいかにも可笑《おか》しく思われたので、彼が自分でも肚の底から噴飯《ふきだ》してしまったのも決して不思議ではなかった。とはいえ、その境地も時おり、何処《どこ》からどういう仔細があってとも知れずに、だしぬけにどっと吹き起こる突風のために妨げられた。風は彼の顔へまともに吹きつけて、雪の塊りを叩きつけたり、外套の襟を帆のように吹きはらませるかと思うと、忽ち超自然的な力でそれを首のまわりへ捲きあげたりしたため、彼は絶えずそれを防ぐために齷齪《あくせく》しなければならなかった。突然、有力者は誰かにむんずとばかり襟髪を摑まれたように感じた。思わず振り返って見ると、そこにいるのは、ぼろぼろの古ぼけた制服を身につけた背の低い男で、それがアカーキイ・アカーキエヴィッチであることを認めて彼はぎょっとした。役人の顔は雪のように蒼ざめて完全に死人の相を現わしていた。しかし、有力者の恐怖がその極点に達したのは、死人が口を歪めて、すさまじくも墓場の臭《にお》いを彼の顔へ吹きかけながら、次のような言葉を発した時である。『ああ、とうとう今度は貴様だな！　いよいよ貴様の、この、襟首をおさえたぞ！　おれには貴様の外套が要るんだ！　貴様はおれの外套の世話をするどころか、却って叱り飛ばしゃあがって。――さあ、今度こそ、自分のをこっちへよこせ！』哀れな有力者は殆ど生きた心地もなかった。彼が役所で、総じて下僚の前で、どんなに毅然《きぜん》としていて、その雄々《おお》しい姿や風采に接する者が等しく『まあ、何という立派な人柄だろう！』と感嘆していたにもせよ、今ここでは、ざらにある、見かけだけはいかにも勇壮らしい人々のように、非常な恐怖を覚えて、自分は何かの病気の発作にでも襲われたのではないかと、まんざら根拠のなくもない危惧の念をすら懐《いだ》いたほどであった。彼は周章《あわ》てて外套を脱ぎすてざま、まるで自分の声とは思われないような声を振りしぼって馭者にこう叫んだ。『全速力で家へやれ！』馭者は一般にいよいよ切羽《せっぱ》つまった時に限って発せられるような、そのうえ何か言葉以上に遥かに現実的な調子さえ帯びている声を耳にすると、万一の用心に首を肩の間へすっこめて、鞭《むち》を一振りすると同時に、矢のように橇を飛ばせた。六分間あまりで、有力者は早くも自分の家の玄関さきへ着いていた。顔は蒼ざめ、戦々兢々《せんせんきょうきょう》たる有様で、外套もなしに、カロリーナ・イワーノヴナの許ならぬ我が家へと立ち帰った彼は、どうにかこうにか自分の部屋へ辿りつくと、そのまま一夜を極度の動乱のうちに送ったため、翌《あく》る朝お茶の時に娘がいきなり、『パパ、きょうはお顔が真っ蒼よ』と言った位である。しかし、パパは押し黙ったまま、誰にも、自分がどんな目にあったとも、何処にいたとも、また何処へ行こうとしたとも、一言も語らなかった。この出来事は彼に強い感銘を与えた。彼は下僚に対しても、例の『言語道断ではないか！ 君の前にいるのが誰だか分かっとるのか？』というきまり文句を、以前ほどは浴びせなくなった。縦《よ》し浴びせたにしても、それは先ず、事の顚末《てんまつ》を一応聴取してからであった。ところが、それ以上に顕著な事実は、それ以来ふっつりと、かの役人の幽霊が姿を現わさなくなったことである。恐らく勅任官の外套が彼の肩にぴったり合ったためであろう。少なくとも、外套を剝ぎ取られたなどという噂は爾来《じらい》どこへ行っても聞かれなかった。それでも、多くのまめで、苦労性な連中はいっかな心を落ちつけようとしないで、まだ都の何処か遠くの方角で官吏の幽霊が出るなどと噂していた。それに事実コロームナの或る巡査はまぎれもない自分の眼で、一軒の家の蔭から亡霊の現われるところを目撃したのである。しかし、その巡査は生まれつき虚弱な方で――或る時など、どこかの民家から飛び出してきた何でもない一頭の、よく肥《ふと》った仔豚に突き倒されて、あたりに居あわせた辻馬車屋たちの哄笑《こうしょう》を買い、その揶揄《やゆ》を咎《とが》めて、その連中から二カペイカずつの煙草銭をせしめたほどであった。——それくらい虚弱な男だったから、彼は強《た》って幽霊を引き留めようともしないで、そのまま暗がりの中を尾行して行ったが、とうとう終《しま》いに幽霊が、突然くるりと後ろを振り向いて立ちどまりながら、『何ぞ用か？』と詰問するなり、生きた人間には見られないような大きな拳《こぶし》を突きつけたので、巡査は『いや、別に』と言ったきり、這々《ほうほう》の体で後へ引っ返してしまった。しかし、この時の亡霊は、遥かに背が高くて、すばらしく大きな口髭をたてていた。そしてどうやらオブーホフ橋の方へ足を向けたようであったが、それなり夜の闇の中へ姿を掻き消してしまった。

鼻

一

三月の二十五日にペテルブルグで奇妙きてれつな事件がもちあがった。ウォズネセンスキイ通りに住んでいる理髪師《とこや》のイワン・ヤーコウレヴィッチ（というだけでその苗字は不明で、看板にも、片頰に石鹼《せっけん》の泡を塗りつけた紳士の顔と、『鬱血《こり》もとります』という文句が記してあるだけで、それ以外には何も書いてない）、その理髪師《とこや》のイワン・ヤーコウレヴィッチがかなり早く眼をさますと、焼きたてのパンの匂いがプーンと鼻に来た。寝台の上でちょっと半身をもたげると、相当年配の婦人《おんな》で、珈琲《コーヒー》の大好きな自分の女房が、いま焼けたばかりのパンを竈《かまど》から取り出しているのが眼についた。『きょうはねえ、プラスコーヴィヤ・オーシポヴナ、珈琲は止《よ》しにするぜ』と、イワン・ヤーコウレヴィッチが言った。『そのかわり、焼きたてのパンに葱《ねぎ》をつけて食べたいね。』（つまり、イワン・ヤーコウレヴィッチには珈琲もパンも、両方とも欲しかったのであるが、一どきに双方を要求したところで、とても駄目なことが分かっていた、それというのも、プラスコーヴィヤ・オーシポヴナが、そうした我儘《わがまま》をひどく好かなかったからである。）

《ふん、お馬鹿さん、欲しけりゃパンを食べるがいいさ、こちらにはその方が有難いや》と、細君は肚《はら》の中で考えた。《珈琲《コーヒー》が一人前あまるというもんだからね。》そしてパンを一つ食卓の上へ抛《ほう》り出した。

イワン・ヤーコウレヴィッチは、礼儀のためにシャツの上へ燕尾服《えんびふく》をひっかけると、食卓に向かって腰かけ、二つの葱の球に塩を振って用意をととのえ、やおらナイフを手にして、勿体《もったい》らしい顔つきでパンを切りにかかった。真っ二つに切り割って中をのぞいてみると——驚いたことに、何か白っぽいものが眼についた。イワン・ヤーコウレヴィッチは用心ぶかく、ちょっとナイフの先でほじくって、指でさわって見た。『固いぞ！』と、彼はひとりごちた。『いったい何だろう、これは？』

彼は指を突っこんで撮《つま》み出した——鼻だ！……イワン・ヤーコウレヴィッチは思わず手を引っこめた。眼をこすって、また指でさわって見た。鼻だ、まさしく鼻である！しかも、その上、誰か知った人の鼻のようだ。イワン・ヤーコウレヴィッチの顔にはまざまざと恐怖の色が現われた。しかしその恐怖も、彼の細君が駆られた憤怒《ふんぬ》に比べては物のかずではなかった。

「まあ、この人でなしは、何処《どこ》からそんな鼻なんか削《そ》ぎ取って来たのさ？」こう、細君はむきになって呶鳴《どな》りたてた。「悪党！　飲んだくれ！　この妾《わたし》がお前さんを警察へ訴えてやるからいい。何という大泥棒だろう！　妾はもう三人のお客さんから、お前さんが顔をあたる時、今にもちぎれそうになるほど鼻をひっぱるって聞かされているよ。」

だが、イワン・ヤーコウレヴィッチはもう生きた空《そら》もない有様であった。彼はその鼻が、誰あろう、毎週水曜と日曜とに自分に顔を剃《あた》らせる八等官コワリョフ氏のものであることに気がついたのである。

「まあ、お待ち、プラスコーヴィヤ・オーシポヴナ、こいつは襤褸《ぼろ》きれにでも包んで、どこか隅っこに置いとこう。あとで俺が棄ててくるよ。」

「ええ、聞きたくもない！　削ぎとった鼻なんかを、この部屋に置いとくなんて、そんなことを妾が承知するとでも思うのかい？……この出来そくない野郎ったら！　能といえば、革砥《かわと》を剃刀《かみそり》でペタペタやることだけで、肝腎なことを手っ取り早く片づける段になると、空《から》っきし意気地のない、のらくらの、やくざなのさ、お前さんは！　妾がお前さんに代って、警察で申し開きをするとでも思ってるのかい？……ああ、何てだらしのない、木偶《でく》の坊だろう！　さっさと持って行っとくれ！　さあってば！　何処へでも好きなところへ持って行くがいいよ！　妾《わたし》ゃそんなものの匂いだって嗅《か》ぎたくないんだからね！」

イワン・ヤーコウレヴィッチは、まるで叩きのめされたもののように茫然《ぼうぜん》として突っ立っていた。彼は考えに考えたが、さて何をいったい考えたらいいのか見当がつかなかった。『どうしてこんなことになったのか、さっぱり訳が分からないや』と、とうとうしまいに耳の後ろを掻きながら彼は呟《つぶや》いた。『きのう俺は酔っ払って帰ったのかどうか、それさえもう、はっきりしたことは分からないや。だが、こいつは、どの点から考えても、全く有り得べからざる出来ごとだて。第一パンはよく焼けているのに、鼻はいっこうどうもなっていない。さっぱりどうも、俺には訳が分からないや！』イワン・ヤーコウレヴィッチは茲《ここ》で黙りこんでしまった。警察官が彼の家を捜索して鼻を見つけ出す、そして自分が告発されるのだと思うと、まるで生きた心地もなかった。美々《びび》しく銀モールで刺繍《ししゅう》をした赤い立襟《たちえり》や佩剣《はいけん》などが、もう眼の前にちらついて……彼は全身ブルブルと顫《ふる》えだした。とうとう下著《したぎ》や長靴を取り出して、その穢《きたな》らしい衣裳を残らず身につけると、プラスコーヴィヤ・オーシポヴナの口喧《くちやかま》しいお説教をききながら、彼は鼻を襤褸布に包んで往来へ出た。

彼はそれを、どこか門の下の土台石の下へでも押しこむか、それとも何気なくおっことしておいて、つと横町へ外《そ》れてしまうかしたかったのである。ところが、間の悪いことに、ともすれば知人に出っくわし、相手からさっそく『やあ、どちらへ？』とか、『こんなに早く誰の顔を剃《あた》りに行くんだね？』などと訊《たず》ねられるため、イワン・ヤーコウレヴィッチは、如何《いかん》とも好機会をつかむことが出来なかった。一度などは、まんまと一物をおっことしたのであるが、巡査《おまわり》がまだ遠くの方から戟《ほこ》でもってそれを指し示しながら、『おい、何か落っこちたぞ、拾いたまえ！』と注意したので、イワン・ヤーコウレヴィッチはまたもや鼻を拾いあげて、しょうことなしに衣嚢《かくし》へ仕舞いこまなければならなかった。やがて大小の店が表戸をあけはじめ、それにつれて往来の人通りが次々とふえて来る一方なので、彼はいよいよ絶望してしまった。

そこで彼は、何とかしてネヴァ河へ投げこむことは出来ないだろうかと思って、イサーキエフスキイ橋へ行ってみようと肚をきめた……。ところで、このいろんな点において分別のある人物、イワン・ヤーコウレヴィッチについて、これまで何の説明も加えなかったことは、いささか相済まない次第である。

イワン・ヤーコウレヴィッチは、やくざなロシアの職人が皆そうであるように、ひどい飲んだくれで、また、毎日他人の頤《あご》を剃《あた》っている癖に、自分自身の鬚《ひげ》はついぞ剃ったことがなかった。イワン・ヤーコウレヴィッチの燕尾服（イワン・ヤーコウレヴィッチは決してフロックコートを著《き》なかった）は斑《まだら》であった。つまり、それは初め黒であったが、今ではところ嫌わず茶色がかった黄色や灰色の斑紋だらけになっていたのである。それに襟は垢《あか》でてかてかと光り、釦《ボタン》が三つとも脱《と》れて、糸だけ残っているという為体《ていたらく》であった。またイワン・ヤーコウレヴィッチは、大の不精ものであったから、八等官のコワリョフは彼に顔をあたらせる時、いつもこう言ったものである。『イワン・ヤーコウレヴィッチ、君の手はいつも臭いねえ。』するとその返事がわりにイワン・ヤーコウレヴィッチは、『どうして臭いんでしょうな？』と問い返す。『どうしてか知らないけれど、どうも臭いよ、君。』そう八等官が言うと、イワン・ヤーコウレヴィッチは嗅煙草《かぎたばこ》を一服やってから、腹癒《はらいせ》に八等官の頬といわず、鼻の下といわず、耳のうしろといわず、顎《あご》の下といわず――一口にいえば、ところ嫌わず手あたり次第に、石鹸をやけに塗りたくったものである。

さて、この愛すべき一市民は、今やイサーキエフスキイ橋の上へやって来た。彼は何よりもさきに先《ま》ずあたりを見廻してから、余程たくさん魚でもいるかと、橋の下を覗《のぞ》くような振りをして、欄干《らんかん》によりかかりざま、こっそり鼻の包みを投げ落とした。彼はまるで十プード*もある重荷が一時に肩からおりたように思った。イワン・ヤーコウレヴィッチは、にやりと北叟笑《ほくそえ》みさえした。そこで彼は役人連の顔を剃りに行くのを見合《あた》わせて、ポンスでも一杯ひっかけてやろうと、『お料理喫茶』という看板の出ている家の方へ足を向けたが、その途端に、大きな頬髯をたくわえた堂々たる恰幅《かっぷく》の巡査が、三角帽をいただき、佩剣を吊って、橋の袂《たもと》に立っているのが眼についた。イワン・ヤーコウレヴィッチはぎくりとした。ところがその巡査は彼を指でさし招いて、『おい、ちょっと此処《ここ》へ来い！』と言う。

イワン・ヤーコウレヴィッチは礼儀の心得があったので、もう遠くの方から無縁帽《カルトウーズ》をとって、小走りに近よるなり、『はい、これはこれは御機嫌さまで、旦那《だんな》！』と言った。

「うんにゃ、旦那もないものだぞ。一体お前は今、橋の上に立ちどまって何をしちょったのか？」

「いえ、決して何も、旦那、ただ顔を剃りにまいります途中で、河の流れが早いかどうかと、ちょっと覗いてみましただけで。」

「嘘をつけ、嘘を！　その手で誤魔化すこたあ出来んぞ。素直に返答をしろ！」

「ねえ、旦那、何なら一週に二度、いや三度でも、旦那のお顔を無料《ただ》で剃《あた》らせていただきたいと思っておりますんで」と、イワン・ヤーコウレヴィッチは答えた。

「何だ、くだらない！　俺んとこへは理髪師《とこや》が三人も顔を剃りに来とる、しかも皆《みん》な無上の光栄だと思っちょるのじゃ。さあ、そんなことより、あすこで何をしちょったのか、本当のことを述べてみい！」

イワン・ヤーコウレヴィッチは、さっと色をうしなった。ところが茲《ここ》でこの一件は全く霧につつまれてしまって、一体その先がどうなったのか、とんと分からないのである。

二

八等官のコワリョフはかなり早く眼を覚すと、唇を《ブルルッ……》と鳴らした。自分でもこれは一体どういう原因からか、説明する訳にゆかなかったが、兎《と》に角《かく》、眼を覚すといつもやる癖であった。コワリョフは一つ伸びをすると、卓子《テーブル》の上に立ててあった小さい鏡を取り寄せた。昨夜、自分の鼻の頭に吹き出した面皰《にきび》を見ようと思ったのである。ところが、おっ魂消《たまげ》たことに、鼻はなくて、その場所《あと》がまるですべすべののっぺらぼうになっているではないか！　仰天したコワリョフは水を持って来させて、タオルで眼を拭《ぬぐ》ったが、確かに鼻がない！　手でさわって見たり、これは夢ではないかと、我が身を抓《つね》って見たりしたが、どうも夢ではなさそうだ。八等官コワリョフは寝台からとび起きざま、武者ぶるいをして見た——が、やはり鼻はなかった！　彼はさっそく著物《きもの》を持って来させて著換えをすると、真っ直ぐに警視総監の許《もと》へ行こうと表へ駈《か》け出した。

ところで、これが一体どんな種類の八等官であったか、それを読者に知らせるために、この辺でコワリョフなる人物について一言しておく必要がある。八等官といっても学校の免状のお蔭《かげ》でその官等を獲得した者と、コーカサスあたりで成りあがった者とでは、まるで比べものにはならない。この両者は全然、類を異にしている。学校出の八等官の方は……。だが、このロシアという国は実に奇妙なところで、一人の八等官に就いて何か言おうものなら、それこそ、西はリガから東はカムチャッカの涯《はて》に至るまで、八等官という八等官がみな、てっきり自分のことだと思いこんでしまう。いや、これは八等官に限らず、どんな地位官等にある人間でもやはり同じことで。さて、このコワリョフはコーカサスがえりの八等官であった。それも、この官等についてからまだやっと二年にしかならなかったため、片時もそれを忘れることが出来ず、それればかりか、なお一層の品位と威厳を添えるため、彼は単に八等官とは決して名乗らず、常に少佐と自称していた。『あのね、おい』そう彼は胸衣《むねあて》を売っている女に街で出逢うと、きまって言ったものだ。『俺の家《うち》へ来てくれ。住《すま》いはサドワヤ街だよ。コワリョフ少佐の家はどの辺かと訊《き》きさえすれば、誰でも教えてくれるからね。』そして相手が、ちょっと渋皮の剝《む》けた女ででもあれば、その上に内証の用事を云《い》いつけてから、『ね、好《い》い女《こ》だから、コワリョフ少佐の家《うち》って訊くんだよ』とつけ加えたものである。だからわれわれもこれから先は、この八等官を少佐と呼ぶことにしよう。

さて、コワリョフ少佐には毎日ネフスキイ通りを散歩する習慣があった。彼の胸衣《むねあて》のカラーはいつも真っ白で、きちんと糊附《のりづけ》がしてあった。その頰髯は今日でも、県庁や郡役所附の測量技師とか、建築家とか、聯隊《れんたい》附の軍医とか、また各種の職務に携わっている連中で、概《おおむ》ね頰が丸々と肥えて血色がよく、ボストン骨牌《カルタ》の上手な手合によく見うけられる種類のもので、つまりその頰髯は頰の中ほどを走って真っ直ぐに鼻の脇まで達していた。いつもコワリョフ少佐は肉紅玉髄の印形《いんぎょう》を沢山もっていたが、それには紋章のついたのや、『水曜日』『木曜日』『月曜日』などと彫ったのがあった。コワリョフ少佐がこのペテルブルグへやって来たのは、それだけの要件があってのことで、つまり、自分の官等に相応《ふさわ》しい務め口をさがすためであった。うまく行けば副知事を、さもなければ、どこか重要な省の監察官あたりを狙《ねら》っていたのである。コワリョフ少佐には結婚する意志がない訳ではなかったが、但《ただ》しそれは花嫁に持参金が十二万もついている場合に限られていた。されば今や読者には、かなり立派で尋常な鼻のかわりに、ひどく馬鹿げてつるつるした、平べったい跡形を見た時のこの少佐の胸中がどんなであったかは、自ずから察しがつくであろう。

生憎《あいにく》、通りには一台の辻馬車も見当たらなかったので、彼はマントに身をくるみ、さも鼻血にでも困っているような恰好《かっこう》に、ハンカチで顔をおさえて、てくてくと歩いて行くより他はなかった。《だが、もしかしたら思い違いかも知れないぞ。そう無闇《むやみ》に鼻がなくなる訳はないから。》こう思ったので、彼は鏡を覗いて見るために、わざわざ菓子屋へ立ち寄った。好い塩梅《あんばい》に店には誰もいなかった。小僧たちが部屋の掃除をしたり、椅子《いす》をならべたりしているだけで、中には寝惚《ねぼ》け眼《まなこ》をして、焼きたてのケーキを盆にのせて運び出している者もあった。卓子《テーブル》や椅子の上には、珈琲《コーヒー》の汚点《しみ》のついた昨日の新聞が散乱していた。《いや、これは有難い、誰もいないや》と、彼は呟いた。《今なら、見てやれるぞ。》彼はおずおず鏡に近寄って、ひょいと中を覗いた。《畜生め！　何という醜態《ざま》だ！》彼はそう口走って、ペッと唾《つば》を吐いた。《せめて鼻の代りに何かついているならまだしも、まるっきり何もないなんて……。》

　忌々《いまいま》しげに唇を噛《か》んで菓子屋を出た彼は、日頃の習慣に反して、誰にも眼をくれたり、笑顔を見せたりはすまいと肚《はら》をきめた。ところが、不意に彼は或る家の入口の傍で棒立ちになって立ち竦《すく》んでしまった。実に奇態な現象がまのあたりに起こったのである。一台の馬車が玄関前にとまって、扉《と》があいたと思うと、中から礼服をつけた紳士が身をかがめて跳《と》び下りるなり、階段を駈けあがって行った。その紳士が他ならぬ自分自身の鼻であることに気がついた時のコワリョフの怖れと愕《おどろ》きとはそも如何許《いかばか》りであったろう！この奇怪な光景を目撃すると、眼の前のものが残らず顚倒《てんとう》してしまったように思われて、彼はじっとその場に立っているのも覚束なく感じたが、まるで熱病患者のようにブルブル顫えながらも、自分の鼻が馬車へ戻って来るまで、どうしても待っていようと決心した。二、三分たつと、果して鼻は出て来た。彼は大きな立襟のついた金繡の礼服に鞣皮《なめしがわ》のズボンをはいて、腰には剣を吊っていた。羽毛《はね》のついた帽子から察すれば、彼は五等官の位にあるものと断定することが出来る。前後の様子から察して、彼は何処《どこ》かへ挨拶《あいさつ》に来たものらしい。ちょっと左右を見まわしてから、馭者《ぎょしゃ》に、『馬車をこちらへ！』と叫んで、乗りこむなり駈け去ってしまった。

哀れなコワリョフは気も狂わんばかりであった。彼はこのような奇怪千万な出来事をどう考えてよいのか、まるで見当がつかなかった。まだ昨日までは彼の顔にちゃんとついていて、ひとりで馬車に乗ったり歩いたりすることの出来なかった鼻が、まったく、どうして礼服を著ているなどということがあり得よう！　*彼は馬車の後を追って駈けだしたが、さいわい、馬車は少し行って、*カザンスキイ大伽藍《だいがらん》の前でとまった。

彼は急いで、よくこれまでそれを見て嘲笑《わら》ったりした、顔じゅうを繃帯《ほうたい》して、二つの孔《あな》から眼玉だけ出している乞食の老婆の立ちならんでいる間を押し分けるようにして、伽藍へ駈けつけるなり、堂内へ飛びこんだ。堂内には参詣人も少しあったが、彼等は皆、入口の間近に佇《たたず》んでいた。コワリョフはひどくどぎまぎして、今は祈禱《きとう》を捧げるなどという気力の少しもないことを感じた。彼は隅から隅へと、鼻の姿を探し求めたが、やがて一方に当の相手の佇んでいる姿を見つけた。鼻は例の大きな立襟の中へ顔をすっかり隠して、ひどく信心深そうな容子《ようす》で祈禱を捧げていた。

《どうして、あいつに近づいたものかな？》と、コワリョフは考えた。《服装《なり》が歴乎《れっき》としており、おまけに五等官と来てやあがる。》

彼は相手の傍らに立って咳《せき》払いをしはじめたが、鼻は寸時もその信心深そうな姿勢を崩さず、しきりに礼拝している。

「もし、貴下《あなた》」と、コワリョフは無理にも心を鞭《むち》打って、「あの、もし貴下《あなた》……。」

「何か御用で？」と、鼻が振りかえって答えた。

「わたくしには不思議でならないのですよ、貴下《あなた》……どうも、その……。御自分の居どころはちゃんと御存じの筈《はず》です。それなのに、意外なところでお目にかかるものでして、一体ここはどこでしょう？　お寺ではありませんか。まあ、思ってもみて下さい……。」

「どうも、仰しゃることが理解《のみこ》めません、もっとはっきり仰しゃって下さい。」

《どう説明したものだろう？》と、コワリョフはちょっと考えてから、勇を鼓してこう切りだした。「勿論《もちろん》、わたくしはその……。それはそうと……。どうも、鼻なしで出歩くなんて、そうじゃありませんか、これが、あのウォスクレセンスキイ橋あたりで皮剝蜜柑《かわむきみかん》を売っている女商人か何ぞなら、鼻なしで坐っていても構わないでしょうがね。しかし、万々のまちがいもなく今に知事の口にありつかれようとしている人間にとっては、その……。いや、わたくしには何が何やらさっぱり分からないのですよ、貴下《あなた》。

(こう言いながら、少佐は肩をすぼめた……。)失礼ですけれど、もしもこれを義務と名誉の法則に照らして考えますなら……あなた御自身よくお分かりのことでございましょうが……。」

「いや、さっぱり分かりませんねえ」と、鼻が答えた。「もっとよく分かるように説明して下さい。」

「ね、貴下《あなた》」コワリョフは昂然《こうぜん》として言った。「わたくしには、あなたのお言葉をどう解釈していいか分からないのです……。この際、問題は明々白々だと思いますがねえ……それとも、お厭《いや》なんで……。だって、あなたは――このわたくしの鼻ではありませんか!」

鼻はじっと少佐を眺めたが、その眉《まゆ》がやや気色《けしき》ばんだ。

「何かのお間違いでしょう。僕はもとより僕自身です。のみならず、あなたとの間に何ら密接な関係のあるべき謂《いわ》れがありません。お召しになっている、その略服の釦《ボタン》から拝察すれば、大審院か、或《あるい》は、少なくとも司法機関にお勤めの筈ですが、僕は文部関係のものですからね。」こう言うなり、鼻はくるりと向きを変えて、再び祈禱にうつった。

コワリョフはすっかりまごついて、礑《はた》と言句につまってしまった。《どうしてくれよう？》彼はちょっと考えた。その時、一方から気持のよい婦人の衣《きぬ》ずれの音が聞こえて来た。かなり大柄な全身にレースの飾りをつけた、どこかゴチック建築に似たところのある中年の貴婦人が入って来た。それと一緒に、すらりとした姿に大変よく似合った服をつけ、カステーラ菓子みたいにふんわりした卵色のボンネットをかぶった、華奢《きやしや》な娘がやって来た。二人の後ろでは、大きな頬髯をたくわえて、カラーを一ダースもつけていそうな、背の高い紳士が立ちどまって、やおら嗅煙草《かぎたばこ》入れの蓋《ふた》をあけた。

コワリョフはつかつかと進み寄って、胸衣《むねあて》の、バチスト麻のカラーを摘《つま》み出して形をととのえ、時計につけていた印形を直すと、あたりへ微笑をふりまきながら、そのなよなよしい娘の方へじっと注意を凝らした。娘は春さく花のように、わずかに頭を下げると、半ば透きとおるような指をした色の白い手を額《ひたい》へ持っていった。そのボンネットのかげから、娘の頤《あご》の端と頬の一部を見て取ると、コワリョフの顔の微笑は更に大きく拡がった。が、その途端に、まるで火傷《やけど》でもしたように彼は後へ跳び退いた。自分の顔の鼻の位置がまるで空地になっていることを想い出したのである。眼からは涙がにじみ出した。そこで彼は、くだんの紳士に向かって、お前は五等官の贋物《にせもの》だ、お前はペテン師で悪党だ、お前は俺の鼻以外の何者でもないのだと、単刀直入に言ってやろうと心を取り直した……。が、鼻はもう、そこにはいなかった。また誰かのところへ挨拶をしに、まんまと擦《す》りぬけて行ってしまったのだろう。

コワリョフは会堂の外へ出た。ちょうど好い時刻で、陽《ひ》は燦々《さんさん》として輝いており、ネフスキイ通りは黒山のような人出であった。婦人連も、まるで洪水のように押し流されている。………

おや、彼の知り合いの七等官がやって来る。コワリョフはこの男のことを中佐中佐と呼んでいた。殊《こと》に局外者の前でそう呼んだものである。あ、向こうにカルイジキンの姿も見える。これは大審院の一係長で、彼とは大の親友だが、ボストン骨牌《カルタ》を八人でやると、いつも負けてばかりいる男だ。おや、あすこから、コーカサスで八等官にありついた、もう一人の少佐が、こちらへ手を振って、おいでおいでをやっている……。

《ちぇっ、くそ喰らえだ！》コワリョフはこう呟いてから、「おい、辻馬車！　まっすぐに警察部長のところへやれ！」

コワリョフは馬車に乗りこむと、『全速力でやれ、全速力でやれ！』と、ひたすら馭者を急《せ》きたてた。

「警察部長は御在宅ですか？」と、玄関へ入るなり彼は呶鳴《どな》った。

「いや、おいでになりませんよ」という玄関番の答えだ。「たった今お出かけになったばかりで。」

「さあ、困ったぞ！」

「はい、まったく」と玄関番はつけ加えた。「それもつい今しがたお出かけになりましたので。もう、ほんの一分も早ければ、御面会になれたかもしれませんのに。」

コワリョフはハンカチを顔にあてたまま、馬車に乗りこむと、自暴《やけ》くそな声で『さあ、やれ！』と呶鳴った。

「どちらへ？」と馬車屋が訊《たず》ねた。

「真っ直ぐに行け！」

「え？　真っ直ぐにね？　だって此処《ここ》は曲り角ですぜ。右へですか、それとも左ですか？」

この問いがコワリョフの心を制して、再び彼を考えさせた。かような事態に立ち到った限りは、さしあたり治安の府に訴えるのが順当であった。というのは、直接これが警察に関係のある事件だからというよりも、警察の手配が他の何処よりも遥《はる》かに敏速に行われるからであって、鼻が勤めていると言った役所の手を経て満足な結果を期待しようなどとは、まったく沙汰《さた》の限りで、既にあの鼻との問答それ自体から分かるように、あいつには少しも神妙なところがないから、今度も先刻と同じ調子で、こんな男とは一面識もないと言い切って、まんまと誤魔化してしまうに違いないからである。そういう訳でコワリョフは、安寧の府たる警察署へ行くように、馭者に吆《い》いつけるばかりになっていたのであるが、急に考えが変わって、あのペテン師の悪党野郎は既に初対面の時からして、あんな図々しい態度をとったほどであるから、いい潮時を見て、まんまと都落ちをしてしまうかもしれない。もしそうなったら、あらゆる捜査も水の泡だ、水の泡でないまでも、まる一ケ月は長びくだろう、それでは堪《たま》らんと彼は思ったが、やがて天から彼に名案が授けられたようである。これはひとつ、真っ直ぐに新聞社へ駆けつけて、逸《いち》早《はや》く、彼奴《きやつ》の特徴を詳細に書いた広告を出すことにしようと肚をきめたのである。そうすれば、誰でも彼奴を見つけ次第、さっそく彼のところへ突き出してくれるなり、少なくとも奴の在所を知らせてくれるに違いない。そう決心すると、彼は馬車屋に、新聞社へ行けと命じて、途中も絶えず『こら、もっと早くやれ！　畜生、もっと急ぐんだ！』と呶鳴りながら、馬車屋の背中を小突きつづけた。*馭者は頭《かぶり》を振り振り、『いやはや、この旦那は！』と呟いては、まるでスパニエルのように毛のながい馬の背を手綱《たづな》で鞭打った。ようやく馬車がとまると、コワリョフはハアハア呼吸《いき》をはずませながら、あまり大きくもない受附室《うけつけ》へ駈けこんだ。そこには古びた燕尾服を著て眼鏡をかけた白髪の係員が卓に向かって、ペン軸を口にくわえたまま、受けとった銅貨の勘定をしていた。

「広告を受け附ける方はどなたです？」とコワリョフは呶鳴って、「あ、今日は！」

「はい、いらっしゃい。」そう言って、白髪の係員はちらと眼をあげたが、そのまま又、堆《うずたか》くつまれた銭の山へ視線をおとした。

「ちょっと掲載して貰《もら》いたいことがあるんですが……。」

「どうか暫《しばら》くお待ち下さい。」そう言って係員は、片手で紙に数字を記入しながら左手の指で算盤《そろばん》の玉を二つ弾《はじ》いた。モール飾りをつけた、よほど貴族的な家に傭《やと》われているらしく小ざっぱりした身なりの従僕が、一枚の書附を手に持って卓子《テーブル》の傍に立っていたが、自分の気さくなところを見せるのが礼儀だとでも思ったのか、こんなことを言っている。『ね、旦那、その狆《ちん》ころといえば、十カペイカ銀貨八枚の値打もない代物《しろもの》ですよ、尤《もっと》もわっしなら二カペイカ銅貨八枚も出しゃしませんがね、その小犬を伯爵夫人の可愛がりようといったら、そりゃあ大変なものでしてね、そいつを探し出してくれた人には、お礼に大枚百ルーブリだすというのですよ！　まったくのところ、現にわっしと旦那とだってそうですが、人間の好き嫌いって奴は実に様々なものですねえ。好きとなったが最後、ポインターだのプードルだのという犬を飼って、五百ルーブリでも千ルーブリでも気前よく投げ出す人がありますが、その代り犬も上物でなきゃあね。』

分別くさい係員は大真面目《おおまじめ》な顔つきで聴き耳を立てながら、それと同時に、提出された原稿の文字が幾字あるかを勘定していた。あたりには皆それぞれ書附を手にした、老婆だの、手代だの、門番だのといった連中が多勢立っていた。その書附には、品行方正なる馭者、傭われたしというのもあれば、一八一四年パリより購入まだ新品同様の軽馬車、売りたしというのもある。そうかと思うと、洗濯業の経験あり、他の業務にも向く十九歳の女中、傭われたしとか、堅牢な馬車、但し弾機《ばね》一個不足とか、生後十七年、灰色の斑《ぶち》ある若き悍馬《かんば》とか、ロンドンより新荷着、蕪《かぶ》及び大根の種子とか、設備完全の別荘、厩《うまや》二棟並びに素晴らしき白樺または樅《もみ》の植込みとなし得る地所つきといったものも見受けられ、また、古靴底の買手募集、毎晩八時より午前三時まで競売というようなのもあった。すべてこうした連中の押しかけていた部屋は手狭であったため、室内の空気がひどく濁っていた。けれど、八等官のコワリョフはその臭《にお》いさえ感じなかった。というのは、ハンカチを当てていたからでもあるが、第一、肝腎の鼻そのものが、一体どこへ行ったのやら皆目わからない為体《ていたらく》であったからである。

「時に、是非ひとつお願いしたいのですが……非常に緊急な用事なんでして」と、とうとう我慢がならなくなって、彼は口を切った。

「はい只今、只今……。二ルーブリと四十三カペイカ也と……。只今すぐですよ！……一ルーブリ六十四カペイカ也と！」そう言いながら白髪の紳士は、老婆や門番連の眼の前へ書附を投げ出しておいて、「ところで貴方《あなた》の御用は？」と、ようやくコワリョフの方を向いて訊ねた。

「わたしのお願いは……」と、コワリョフが言った。「詐欺《さぎ》ともペテンともつかぬものに引っ掛りましてね――それが今もって、どうしても分からないのです。で、その悪党をわたしのところへ引っぱって来てくれた人には、相当の謝礼をすると掲載していただければよろしいんです。」

「ところで、お名前は何と仰しゃいますか？」

「いや、名前など訊《き》いて何になさるのです？　そいつは申しあげられませんよ。何しろ知り合いが沢山ありますからね。例えば五等官夫人のチェフタリョワだの、佐官夫人のペラゲヤ・グリゴーリエヴナ・ポドトチナだのといった塩梅《あんばい》に……。それで、もしもそんな人達に知れようものなら、それこそ大変です！　ただ、八等官とか、いやそれより、少佐級の人物とでもしておいて下さればいいでしょう。」

「で、その逃亡者というのは、お宅の下男ですね？」

「下男などじゃありませんよ！　そんなのなら、別に大したことではありませんがね！　失踪《しっそう》したのは……鼻なんで……。」

「へえ！　それはまた珍しい名前ですな！　で、その鼻氏とやらは、よほどの大金を持ち逃げしたんですか？」

「いや、鼻というのは、つまり……誤解されては困りますよ！　つまり、わたし自身の鼻のことで、それがね、何処かへ失踪して、分からなくなってしまったのです。畜生め、人を馬鹿にしやがって！」

「だが、どうして失踪したと仰しゃるんで？　どうもよく会得《のみこ》めませんが。」

「どうしてだか、わたしにもお話のしようがありませんがね、しかし彼奴《きゃつ》が今、市《まち》じゅうを乗り廻して、五等官と名乗っていることは事実です。だから、そやつを取り押えた人が一刻も早くわたしのところへしょびいて来て呉れるように、ひとつ広告を出して戴きたいとお願いしてるんですよ。まあ、本当に、お察し下さい、こんな、軀《からだ》のうちでも一番に目立つところを無くしては立つ瀬がないじゃありませんか！　これは、足の小指か何かとは訳が違いますよ。そんなものなら、たとえ無くても、靴さえはいておれば、誰にも分かりっこありませんからね。わたしは木曜日にはいつも、五等官夫人チェフタリョワのところへ行きますし、佐官夫人ペラゲヤ・グリゴーリエヴナ・ポドトチナだの、その娘さんで、とても綺麗《きれい》な令嬢だのも、やはり非常に懇意な知り合いなんですからねえ。お察し下さい、一体このさきどうして……。わたしはもう、あの人達の前へ顔出しすることも出来ません！」

係員は何か思案を廻《めぐ》らすように、きっと唇をひきしめた。

「いや、そういう広告を新聞に掲載する訳には参りません」と、しばらく黙っていた後、やっと彼が言った。

「どうして？　何故《なぜ》ですか？」

「どうもこうもありません。新聞の信用にかかわります。人の鼻が逃げ出したなんてことを書こうものなら……。すぐに、あの新聞は荒唐無稽な与太ばかり載せると言われますからね。」

「でも、この事件のどこに荒唐無稽なところがありますか？　ちっともそんな点はないと思いますが。」

「そう思えるのは、あなたにだけですよ。先週もそんなようなことがありましたっけ。さる官吏の方が、ちょうど今あなたがおいでになっているように、ここへやって来られましてね、原稿を示されるのです。料金を計算すると二ルーブリと七十三カペイカになりましたが、その広告というのが、何でも黒毛の尨犬《むくいぬ》に逃げられたというだけのことなんで。別に何でもないようですが、実はそれが誹謗《ひぼう》でしてね、尨犬というのはその実、何でもよくは憶《おぼ》えていませんが、さる役所の会計係のことだったのです。」

「何もわたしは尨犬の広告をお頼みしているのではありません、わたし自身の鼻のことなんですよ。ですから、つまり自分自身のことも同然です。」

「いや、そういう広告は絶対に掲載できません。」

「だって、わたしの鼻はほんとに無くなっているのですよ！」

「鼻が無くなったのなら、それは医者の縄張ですよ。何でも、お好み次第にどんな鼻でもくっつけてくれるというじゃありませんか。それはそうと、お見受けしたところ、あなたは剽軽《ひょうきん》な方で、人前で冗談をいうのがお好きなんでしょう。」

「冗談どころか、神かけて真剣な話です！　宜《よろ》しい、もうこうなれば仕方がない、じゃあ、ひとつお目にかけましょう！」

「なに、それには及びませんよ！」と、係員は嗅煙草を一服やりながら言葉をつづけた。「しかしお差支えがなかったら」と、好奇心を動かしながらつけ加えた。「ひとつ拝見したいもんですなあ。」

八等官は顔のハンカチをのけた。

「成程、これは奇態ですなあ！」と、係員が言った。「跡が、まるで焼きたての煎餅《プリン》（薄焼きのパン・ケーキ）みたいにつるつるしてますねえ。よくもまあ、こんなに平べったくなったもので！」

「さあ、これでもまだ文句がありますかね？　御覧のとおりですから、どうしても掲載していただかねばなりません。ほんとに恩に著《き》ますよ。それに、こんな御縁でお近づきになれて、大変うれしいんです。」少佐は、この言葉でも分かるとおり、今度は少しおべっかを使う気になったのである。

「掲載するのは、無論、何でもありませんがね」と係員は言った。「しかし、そんなことをなすっても、何のお利益《ため》にもなるまいと思いましてね。それよりも、いっそ、筆のたつ人に頼んで、この前代未聞の自然現象《できごと》を文章に綴《つづ》って、それを『*北方の蜂』にでもお載せになったら、(と、茲《ここ》でまた彼は嗅煙草を一服やって、)それこそ若い者の教訓《ため》にもなり、(そう言って、今度は鼻をこすった。)また大衆にも喜ばれることでしょうから。」

八等官はがっかりしてしまった。彼がフト新聞の下の方の欄へ眼をおとすと、そこに芝居の広告が出ていて、美人として評判の、さる女優の名前に出っ喰わしたので、すんでのことに彼の顔は綻《ほころ》びかかり、その手は、*青紙幣《あおざつ》の持ち合わせがあったかどうかと、衣嚢《かくし》の中をまさぐっていた。というのは、コワリョフの考えによれば、凡《およ》そ佐官級の者は上等席におさまらなければならないからであった。しかし、鼻のことを考えると、何もかもがおじゃんであった。

広告係の方もコワリョフの苦境にはつくづく心を打たれたものらしかった。相手の悲しみを幾分でも慰めてやろうと思い、せめて言葉にでも同情の意を表わすのが当然だと考えて、『まったく、飛んだ御災難で、ほんとにお気の毒です。嗅煙草でも一服いかがです？　頭痛や気鬱《きうつ》を吹き払いますし、おまけに痔疾にも大変よろしいんで。』こういいながら広告係は、コワリョフの方へ煙草入れを差し出して、器用にくるりと蓋《ふた》を下へ廻した。その蓋には、ボンネットをかぶった婦人の肖像がついていた。

この不用意な仕草がコワリョフを赫《かっ》といきり立たせてしまった。『人をからかうにも場合があるでしょう』と、彼は憤然として言った。『御覧のとおり、わたしには、ものを嗅ぐ器官がないのですよ！　ちぇっ、君の煙草なんか、くそ喰らえだ！　もうもう、こんな下等なベレジナ*煙草はもとより、ラペー*の飛びきりだって、見るのも厭だ！』こう言い棄てるなり、彼はかんかんになって新聞社を飛び出すと、そのまま分署長のところへ出かけて行った。

コワリョフがそこへやって行ったのは、ちょうど分署長が伸びをして、大きな欠《あく》びを一つして、『ええっ、ぐっすり二時間も寝てやるかな！』と呟いた時であった。だから、八等官の入来が時機を得ていなかったことは予測に難くない。この分署長は、あらゆる美術や工芸の大の奨励家であったが、何よりも政府《おかみ》の紙幣に愛著を持っていた。『これに限るよ。』そう言うのが彼の口癖だった。『これに優るものは先ずない。餌《えさ》も要らねば、場所塞《ふさ》ぎにもならず、いつも衣嚢《かくし》におさまっていて、おっことしたとて――壊れもせずさ。』

分署長は甚だ冷淡にコワリョフを迎えると、食事の後で審理をするのは適当でないとか、腹を満たしたら、すこし休息するのが自然の掟《おきて》だ（こう言われて八等官は、この分署長は先哲の残した箴言《しんげん》になかなか詳しいんだなと見てとった）とか、ちゃんとした人なら鼻を削《そ》ぎ取られるなどということはあり得ないと言った。

まさに急所を突かれた形である！　それに茲《ここ》でちょっと指摘しておきたいのは、コワリョフがひどく怒りっぽい人間であったということである。自分自身のことならば、何を言われてもまだ我慢が出来たけれど、地位や身分に関しては、断じて許すことが出来なかった。芝居の狂言などでも、尉官《いかん》に関してなら、すべて大目に見て差し支えないが、苟《いやし》くも佐官級の人物に楯つくなどという場面は絶対にいけないという考えを持っていた。で、その分署長の応対ぶりにすっかり面喰らった彼は、ブルッと首を震わせると同時に、少し両手を拡げながら、自負心をこめるようにして言った。『どうも、そう、あなたの方から侮辱がましいことを仰しゃられては、まったく二の句がつげませんよ……。』そして外へ出てしまった。

彼は極度に疲れて我が家へ立ち帰った。もはや黄昏《たそがれ》であった。こうして様々に無駄骨を折った挙句に見る我が宿は、世にも惨《みじ》めな、穢《きたな》らしいものに思われた。控室へ入って見ると、汚れきった革張りの長椅子に長々と仰向けに寝そべった下僕のイワンが、天井へ向けて唾を吐きかけていたが、それがまた実に見事に同じ場所へ命中するのであった。

その暢気《のんき》さ加減には、コワリョフも流石《さすが》に赫《かっ》となり、帽子でイワンの額を殴《ぶ》って、呶鳴りつけた。『この豚め、いつも馬鹿な真似《まね》ばかりしてやがって！』

イワンは咄嗟《とっさ》にがばと跳《は》ね起きざま、急いで後ろへ廻って外套をぬがせた。

少佐は自分の部屋へ入ると、ぐったり疲れた惨めな我が身を安楽椅子へ落としたが、やがてのことに二つ三つ溜息《ためいき》を吐いてからこう呟いた。

《ああ、ああ！　何の因果でこんな災難にあうのだろう？　手がなくても、足がなくても、まだしもその方がましだ。だが、鼻のない人間なんて、えたいの知れぬ代物はない――鳥かと思えば鳥でもなし、人間かと思えば人間でもなし――そんな者は摘《つま》みあげて、一思いに窓から抛《ほう》り出してしまうがいいんだ！　これが戦争でとられたとか、決闘で斬《き》られたとか、それとも何か俺自身が原因《もと》でこうなったのなら諦《あきら》めもつくが、まるで何の理由《ことわり》もなしに消え失せてしまったのだ、ただ無くなってしまやがったのだ、一文《いちもん》にもならずに！……いや、どうもこんなことって、ある訳がない。》少し考えてから、彼はこうつけ足した。《どうも、鼻が無くなるなんて、訝《おか》しい、どう考えても訝しい。これは屹度《きっと》、夢をみているのか、それとも、ただ幻想を描いているだけに違いない。ひょっとしたら、顔を剃《あた》った後で鬚につけて拭《ふ》くウォッカを、どうかして水と間違えて飲んだのかもしれないぞ。イワンの阿房《あほう》が取り片づけておかなかったため、ついうっかり飲んだのかも知れないて。》そこで、酔っ払っているかいないかを、実際に確かめようとして、少佐は力まかせに我れと我が身を抓《つね》ったが、あまりの痛さに、思わずあっと悲鳴をあげたほどであった。この痛さによって、彼が現実に生きて行動していることが確実に証明された。彼はこっそり鏡の前へ忍びよって、ひょっとしたら鼻はちゃんとあるべき場所《ところ》についているのかも知れないと思いながら、まず眼を細くして恐る恐る覗いてみたが、その刹那《せつな》、思わず『なんちう醜面《つら》だ！』そう口走って後ろへ飛びのいた。

これは全く合点のゆかないことだった。たとえば釦《ボタン》だとか、銀の匙《さじ》だとか、時計だとかが紛失したのなら兎《と》も角《かく》――無くなるものにも事をかいて、どうしてこんなものが無くなったのだろう？　それも、おまけに自分の家《うち》でと来ている！……コワリョフ少佐はいろいろの事情を綜合《そうごう》した結果、この一件の原因《もと》をなしているのは、正しく彼に自分の娘を押しつけようとしている佐官夫人ポドトチナに違いないという仮定が、最も真相に近いのではないかと考えた。なるほど、彼の方でもその娘に、好んでちやほやしてはいたが、最後的な決定は避けていた。それで佐官夫人から明らさまに、娘を貰って欲しいと切り出された時にも、自分はまだ年も若いから、もう五年も役所勤めをした上でなければ、――そうすれば、ちょうど四十二歳になるしするからなどと言って、世辞でまるめて、やんわり体をかわしてしまったのである。それで佐官夫人が、てっきりその腹癒《はらいせ》に彼の面相を台無しにしてくれようものと、わざわざそのために魔法使いの女でも雇ったのに違いない。さもなければ、幾らなんでも鼻が削ぎ取られるなんてことは、夢にも考えられないことである。誰ひとり彼の部屋に入って来た者はなし、理髪師《とこや》のイワン・ヤーコウレヴィッチが顔を剃《あた》ってくれたのはまだ水曜日のことで、その水曜日いっぱいは勿論、次の木曜日もずっと一日じゅう、彼の鼻はちゃんと満足についていたのである――それははっきり記憶にあって、彼もよく知っている。それに第一、痛みが感じられねばならない筈だし、勿論、傷口にしても、こんなに早く癒《なお》って、煎餅《ブリン》みたいにつるつるになる訳がない。彼は表沙汰にして佐官夫人を法廷へ突き出してやろうか、それとも自ら彼女のところへ乗り込んで膝詰談判をしてやろうかなどとつおいつ頭の中でいろんな計画を立てていた。と、不意に扉のあらゆる隙間《すきま》からパッと光がさして彼の思案を中断してしまった。これによって、イワンがもう控室で蠟燭《ろうそく》をつけたことが知れた。間もなく、そのイワンが蠟燭を前へ差しだして、部屋じゅうを煌々《あかあか》と照らしながら入って来た。咄嗟にコワリョフのした動作は、急いでハンカチを摑《つか》みざま、昨日まで鼻のついていたところへ押しあてることであった。兎角《とかく》、愚かな下男などというものは、主人のこんな浅ましい顔を見ると、えて呆気《あっけ》にとられ勝ちだからである。

イワンが穢《きたな》い自分の部屋へ引きさがるよりも前に、控室で『八等官コワリョフ氏のお宅はこちらですか？』という、聞きなれない声がした。

「どうぞお入り下さい。少佐のコワリョフは手前です。」そう言って、急いで跳《と》びあがるなり、コワリョフは扉をあけた。

入って来たのは、毛色のあまり淡《うす》くもなければ濃くもない頰髯を生やし、かなり頰ぺたの丸々した、風采のいい警察官で、それは、この物語のはじめに、イサーキエフスキイ橋の袂《たもと》に立っていた巡査である。

「あなたは御自分の鼻を無くされはしませんか？」

「ええ、無くなしました。」

「それが見つかりましたよ。」

「な、何ですって？」と、コワリョフ少佐は思わず大声で口走った。彼はあまりの嬉《うれ》しさに、ろくろく口もきけなかった。彼は眼を皿のようにして、自分の前に立っている巡査の顔を見つめた。相手の厚っぽたい唇と頰の上に蠟燭の灯がチラチラ顫《ふる》えていた。

「ど、どうして見つかりましたか？」

「変な機会からでしてね、危く高飛びをされる、際疾《きわど》いところで取り押えたのです。奴はもう乗合馬車に乗りこんで、リガへ逃げようとしていました。旅行券も疾《と》っくに或る官吏の名前になっていましてね。不思議なことに、本官でさえ最初は奴を紳士だと思いこんでいたのです。が、幸い眼鏡を持っておりましたので、すぐさまそれを鼻だと看破《みやぶ》ったのです。本官は近眼でしてね、あなたが鼻の先に立たれても、ぼんやりお顔は分かりますが、鼻も髯も、皆目、見分けがつきません。手前の姑《しゅうとめ》、つまり愚妻の母ですなあ、これもやっぱり何も見えないのです。」

コワリョフはそれどころか、心もそぞろに『で、彼奴《きゃっ》は何処《どこ》にいるのです？　何処に？　わたしはすぐにも駈けつけますから』と急きたてた。

「その御心配には及びませんよ。御入用な品だと思いましたので、ちゃんとここへ持参いたしました。ところで奇態なことに、重要な本件の共犯者がウォズネセンスキイ通りのインチキ理髪師でしてね、現に留置所へぶちこんでありますよ。本官は大分まえから、どうも彼奴は飲んだくれで、窃盗もやり兼ねない奴だと睨《にら》んでいましたが、つい一昨日のこと、ある店から釦《ボタン》を一揃い掻《か》っ払《ぱら》いましてね。時に、あなたの鼻には全然異状がないようです。」そういいながら、巡査は衣嚢《かくし》へ手を入れて、そこから紙にくるんだ鼻を取り出した。

「あっ、これです！」と、コワリョフは頓狂な声をあげて、「確かにこれです！　まあ御一緒にお茶を一つ召し上がって下さい。」

「いや、おおきに有難いですが、そうはしておられません。これから懲治監《ちょうじかん》の方へ廻る用事があるのです……。時に日用品の騰貴《とうき》はどうです……。手前のところには姑、つまり愚妻の母ですなあ、それもおりますし、子供が沢山ありましてね、特に長男は大いに見込みのある奴です、なかなか利巧な小伜《こせがれ》でして。だが、養育費には全く手を焼きます……。」

巡査の立ち去った後も尚しばらく、八等官は妙に漠然とした心持で、ぽかんとしていたが、ようやく二、三分たってから、初めて物を見たり感じたりすることが出来るようになった。あまりに思いがけない悦《よろこ》びが、彼をこのような放心状態に陥れたのであった。彼はやっと見つけることの出来た鼻を、用心深く両手に受けて、もう一度それをしげしげと打ち眺めた。

《うん、これだ！　確かにこれだ！》と、コワリョフ少佐は呟いた。《ほら、この左側にあるのは、きのう出来た面皰《にきび》だ。》少佐はあまりの嬉しさに、げらげら笑い出さんばかりであった。

しかし、何事も永続きのしないのが世の習いで、どんな喜びも次の瞬間にはもうそれほどではなくなり、更にその次には一層気が抜けて、やがて何時《いつ》とはなしに平常《ふだん》の心持に還元してしまう。それは丁度、小石が水に落ちて出来た波紋が、ついには元の滑らかな水面に返るのと同じである。コワリョフは分別顔に戻ると共に、まだ事は落著したのではないと気がついた。なるほど鼻は見つかったけれど、今度はこれをくっつけて、もとの座に据えなければならないのだ。

《もし、くっつかなかったら、どうしよう？》

こう我れと我が胸に問いかけた時、少佐の顔はさっと蒼《あお》ざめてしまった。

名状し難い恐怖を覚えながら、彼は卓子《テーブル》の傍へ走りよると、うっかり鼻を斜めにくっつけたりしてはならぬと、鏡を引きよせた。両手がブルブル震えた。彼は用心の上にも用心をしながら、鼻をそっと、もとのところへ当てがった。けれど、南無三《なむさん》！　鼻はくっつかないのだ！……彼はそれを口許へ持って行って、自分の息でちょっと暖めてから、再び、頬と頬との中間の、つるつるしたところへ当てがった。が、鼻はどうしても喰っついていない。

《さあ、これさ！　ちゃんと喰っつかないのか、馬鹿野郎！》と、彼は躍起《やっき》になってぼやいたが、鼻は木石のように無情《つれな》く、まるでコルクみたいな奇妙な音をたてては卓子《テーブル》の上へおっこちるのだった。少佐の顔は痙攣《ひきつ》るように歪《ゆが》んだ。《どうしても癒着《くっつ》かないのかなあ！》と、彼は慌てて口走った。けれど、何度それを本来《もと》の場所へ当てがってみても、依然として、その躍起の努力も水泡に帰した。

彼は遽《あわただ》しくイワンを呼んで、医者を迎えにやった。その医者は同じ建物の中二階にある、遥かに上等の部屋を領していた。堂々たる風采の男で、見事な漆黒《しっこく》の頬髯と、瑞々《みずみず》しくて健康な妻を持ち、毎朝、新鮮な林檎《りんご》を食べ、四十五分もかかって含嗽《うがい》をしたり、五通りものブラシで歯をみがいて、口の中をこの上もなく清潔に保っていた。医者はすぐさまやって来た。彼は先ず、一体この災難はいつ頃起こったのだと訊《たず》ねてから、コワリョフ少佐の顎《あご》に手をかけて、顔を持ちあげた。そして拇指《おやゆび》で、前に鼻のあった場所《ところ》をぽんと叩いた。で、少佐は思わず首を後ろへ引いたが、勢いあまって、壁に後頭部をぶっつけてしまった。医者は、なに、大丈夫と言って、もう少し壁からはなれたらいいと注意してから、先ず首を右へ曲げさせて、前に鼻のあった場所《ところ》を手でさわって見て、

『ふうむ！』と言った。次に首を左へ曲げさせると、また『ふうむ！』と言った。そして最後に、また拇指でぽんとやったので、コワリョフ少佐はまるで歯をしらべられる時の馬のように、首を後ろへすっこめた。こんな風に試して見た挙句、医者は首を振りながら、こう言った。

「いや、こりゃあいけない。矢張《やは》りこのままにしておくんですなあ。下手にいじくれば、一層いけなくなりますよ。そりゃあ、無論、くっつけることは出来ますがね。何なら、今すぐにだってつけて差しあげますが、しかし正直のところ、却《かえ》ってお為《ため》によくありませんよ。」

「飛んでもない！　どうして鼻なしでいられましょう！」と、コワリョフは言った。「これ以上、悪くなりっこありませんよ。ちぇっ、まったく、こんな馬鹿な恰好《かっこう》ってあるもんじゃない！　こんな変挺《へんてこ》な面《つら》をして何処へ出れましょう？　わたしの知り合いは立派な家庭ばかりです。現に今晩も二個所の夜会に出席しなきゃなりません。何しろ交際が広いものですからね。五等官夫人チェフタリョワだの、佐官夫人ポドトチナだの……尤《もっと》もこの夫人《ひと》は、こんな酷《ひど》い仕打をなされた限り、今後交渉をもつとすれば警察沙汰以外にはありませんがね。本当に後生ですから、ひとつ」と、コワリョフは歎願するような声で言葉をつづけた。「何とかならないものでしょうか？　兎に角どんな風にでも附けてみて下さい。よくても悪くても構いません、どうにか、くっついてさえいればいいんです。危なっかしい折には、そっと片手で押えていてもいいのです。それに、うっかりした動作でいためてはなりませんから、ダンスもしないことにします。御来診のお礼には、もう、資産の許すだけのことは必ずいたしますから……。」

「いや、手前は決して」と医者は、高くもなければ低くもない、が、懇々《こんこん》とした、非常に粘りづよい声で言った。「決してその、利慾のために治療を施しているのではありません。それは手前の抱懐する主義と医術とに反するからです。いかにも往診料はいただきます。しかしそれは拒絶して却って気を悪くされてはと思えばこそです。無論、この鼻にしても、附けて附けられなくはありませんよ。しかし、それは却って悪くするばかりだと申しあげているのです。これほど誠意を以《もっ》て申しあげても、手前の言葉を信じて戴かれませんのかね。まあ自然の成行に任せるのが一番ですよ。そして冷たい水で精々《せいぜい》洗うようになさいませ。なあに、鼻はなくても、あった時同様、健康で暮らせますよ。それに何ですよ、この鼻は壜《びん》へ入れてアルコール漬けにしておくか、もっと手をかければ、それに強いウォッカと沸かした酢《す》を大匙に二杯注ぎこんでおくのです――そうすれば、相当うまい金儲けが出来ますよ。あまり高いことさえ仰しゃらなければ、手前が頂戴してもいいんですがね。」

「いんにゃ、駄目です！　幾らになっても売るもんですか！」と、コワリョフ少佐は自棄《やけ》に呶鳴った。「腐っても譲りませんよ！」

「いや、失礼しました！」と、医者は暇《いとま》を告げながら言った。「何とかお役にたちたいと思ったのですが……。是非もありません！　でもまあ、手前の骨折りだけは見て戴きましたから。」こう言うと、医者は堂々とした上品な態度で部屋を出て行った。コワリョフは相手の顔色にさえ気もつかず、恐ろしく茫然《ぼうぜん》としたまま、わずかに医者の黒い燕尾服《えんびふく》の袖口《そでぐち》から覗いていた雪のように白い清潔なワイシャツのカフスを眼に留めただけであった。

そのすぐ翌《あく》る日、彼は告訴するに先だって、佐官夫人に手紙を出して、夫人が彼に当然返すべきものを文句なしに返してくれるかどうか一応問い合わせて見ることに肚《はら》をきめた。その内容は次のようなものであった。

拝啓

貴女のとられたる奇怪なる行動は近頃もって了解に苦しむところに御座候。かような振舞いによって貴女は何ら得られるところとて之無《これな》く、小生をして余儀なく御令嬢と結婚せしめ得るなどとは以ての外《ほか》のことと御承知あって然《しか》るべく候。小生の鼻に関する一件も、その首謀者が貴女を措《お》いて他に之無きことと同様、明々白々の事実にて候。鼻が突如としてその位置を離れ、或《あるい》は一官吏の姿に変装し、或は竟《つい》に本来の姿に返りて逃走するなど、こは貴女、乃至《ないし》は貴女と同様まことに上品なる仕事に従事する輩《やから》の操る妖術の結果に他ならず。仍《よ》って、万一上述の鼻にして今日中に本来の位置に復帰せざるに於《おい》ては、小生は已《や》むを得ず法律による防衛に訴える他之無きことを前以て御通告申しあぐるを小生の義務と存ずる次第に御座候。

さりながら、貴女に対し全幅の敬意を捧げつつ、貴女の忠順なる下僕たることを光栄と存じ候。

プラトン・コワリョフ拝

アレクサンドラ・グリゴーリエヴナ様

拝復

お手紙を拝見いたし、この上なく驚き入りました。打ち割ったところ、思いもよらぬことにて、況《ま》して、あなた様より身に覚えもなきかようなお咎《とが》めを蒙《こうむ》ろうなどとは、本当に夢にも思いがけないことでございました。第一、あなた様の仰しゃるような官吏などは、変装したのもしないのも、ついぞ家へ寄せつけたこともございませんわ。尤も、フィリップ・イワーノヴィッチ・ポタンチコフさんなら、おいでになったことがございます。御品行もよく、ごく真面目《まじめ》で、たいへん学問もおありになる方で、宅の娘をお望みのようでしたけれど、あの方が少しでも当てに遊ばすようなことは、わたくし決して匂わせもしませんでしたわ。お手紙にはまた、鼻のことが書いてございましたが、あれはわたくしがあなた様に鼻をあかせる、つまり、正式にお断わり申しあげるとでもお考えになってのことでございましたなら、当方こそ意外に存じます次第にて、それは寧《むし》ろあなた様の方から仰しゃったことで、わたくし共は、御存じのとおり、全く反対の考えでございました。それ故、只今あなた様から正式にお申し込み下さいますれば、すぐにも娘は差しあげるつもりでおります。それこそ、常々わたくしの心より切望していることでございますもの。では、そうなれかしと祈りつつ擱筆《かくひつ》いたします。かしこ。

アレクサンドラ・ポドトチナ

プラトン・グジミッチ様

《そうか》と、コワリョフは手紙を読み終って呟いた。《すると夫人には何の罪もなさそうだな。こいつは訝《おか》しいぞ！　それにこの手紙の書きぶりは、罪を犯した人間の書きぶりとはまるで違う。》この八等官は、まだコーカサスにいた頃、何度も犯罪事件の審理に出張したことがあるので、こういうことには明るかった。《では、一体どうして、何の因果でこんなことが起こったのだろうか？　ちぇっ、てんでまた分からなくなってしまったぞ！》しまいにこう言って彼はがっかりしてしまった。

そうこうするうちに、この稀有《けう》な事件の取沙汰は都の内外に拡がって行ったが、よくある例《ため》しで、いつかそれにはあられもない尾鰭《おひれ》がつけられていた。当時、人々の頭が何でも異常なものへ異常なものへと向けられており、ごく最近にも磁気学の実験が公衆の注意を惹《ひ》いたばかりの時であった。その上、コニューシェンナヤ通りの踊り椅子＊の噂もまだ耳新しい頃であったから、忽《たちま》ち、八等官コワリョフ氏の鼻が毎日かっきり三時にネフスキイ通りを散歩するという評判がぱっと立ったのも、別に不思議ではなかった。物見だかい群衆が毎日わんさと押しかけた。誰かが、今ユンケル商店に鼻がいるとでも言おうものなら、忽ちその店のまわりには黒山のような人だかりがして、押すな押すなの雑沓《ざっとう》で、はては警官の派遣を仰がねばならない始末であった。劇場の入口などで、いろんな乾菓子を売っていた、頬髯をはやした人品卑しからぬ一人の香具師《やし》は、わざわざ丈夫で立派な木の腰掛を幾つも拵《こしら》えて、一人に八十カペイカで物ずきな連中を腰掛けさせていた。ある老功の陸軍大佐は、それが見たいばかりに、わざわざ早目に家を出て、群衆を押しわけ押しわけ、やっとの思いでそこへ割りこんだものだが、実に癪《しゃく》にさわることには、店の窓先で見たものといえば、鼻どころか、ありふれた毛糸のジャケツと一枚の石版刷の絵だけで、その絵というのは、靴下を直している娘と、それを木蔭から窺《うかが》っている、折襟のチョッキを著て、頤髯《あごひげ》をちょっぴりはやした伊達者《だてしゃ》を描いたもので、もうかれこれ十年以上も同じところにかかっているものであった。そこを離れた大佐はさも忌々《いまいま》しげに、《どうして世間は、こんなくだらない、嘘八百の噂に迷わされるのだろう?》と呟いた。それからまた、コワリョフ少佐の鼻が散歩するのはネフスキイ通りではなく、タウリチェスキイ公園だとか、そこへ姿を現わすのはもうずっと前からのことで、あすこにまだホズレフ・ミルザ卿*が住んでいた頃も、この不思議な自然の悪戯《いたずら》に奇異の眼を瞠《みは》ったものだとかいう噂が飛んだ。外科医専の学生の中には、それを見に出かけるものもあった。ある名流の貴婦人などは、公園の管理人にわざわざ手紙を出して、是非うちの子供にその珍しい現象を見せて貰いたい、もし出来ることなら少年のために教訓になる説明をつけてやって欲しいなどと頼んだほどであった。

この一件に横手を打って喜んだのは、せっせと夜会に通う社交界の常連で、彼等は婦人《おんな》を笑わせるのが何より好きであるのに、その頃はとんと話の種《たね》に窮していたからである。尤も一部少数の、分別もあり気品も高い人々は、頗《すこぶ》る不満であった。一人の紳士などは、どうして文明開化の現代に於《お》いて、こんな愚にもつかぬ出鱈目《でたらめ》な話が流布されるのか頓《とん》と分からない、それに又、政府がこれに一顧の注意も払わないのは実にけしからんと言って憤慨した。どうやら、この紳士は何から何まで、果ては日常の夫婦喧嘩の末に至るまで干渉を望む手合の一人であったらしい。それに次いで……だが茲《ここ》で、またもやこの事件は迷宮に入ってしまい、この先それがどうなったかは、まるで分からないのである。

三

この世の中には実に馬鹿馬鹿しいこともあればあるものだ。時にはまるで嘘みたいなこともあって、曾《かつ》ては五等官の制服で馬車を乗り廻し、あれほど市《まち》じゅうを騒がせた当の鼻が、まるで何事もなかったように、突如としてまた元の場所に、つまりコワリョフ少佐の頰と頰のあいだに姿を現わしたのである。それは四月も七日のことであった。眼をさまして、何気なく鏡をのぞくと鼻があるのだ！　手でさわって見たが――正しく鼻がある！《うわっ！》と声をあげたコワリョフは、喜びのあまり部屋じゅうを跣足《はだし》のままで飛び廻ろうとしたが、丁度そこへイワンが入って来たため妨げられてしまった。早速、洗面の用意をさせて、顔を洗いながら、もう一度鏡を覗くと――鼻がある！　タオルで顔を拭《ふ》きながら、又もや鏡を見ると――鼻がある！

「おいイワン、ちょっと見てくれ、俺の鼻に面皰《にきび》が出来たようだが。」そう言っておきながら、さて肚《はら》の中では、《大変《こと》だぞ、もしやイワンが『いいえ、旦那様、面皰どころか、肝腎の鼻がありゃしませんや！』とでも言ったらどうしよう！》と思った。

しかし、イワンは『何ともありませんよ。面皰なんか一つもありません。きれいなお鼻でございますよ！』と言った。

《ちぇっ、どんなもんだい！》と、少佐は心の中で歓声をあげて、パチンと指を鳴らした。その時、入口からひょっこり姿を現わしたのは理髪師《とこや》のイワン・ヤーコウレヴィッチであったが、その動作《ものごし》はたった今、脂肉を盗んで殴《ぶ》ちのめされた猫みたいに、おどおどしていた。

「第一、手はきれいか？」と、コワリョフはまだ遠くから呶鳴《どな》りつけた。

「へえ、きれいで。」

「嘘をつけ！」

「ほんとに、きれいですよ、旦那様。」

「ようし、見ておれ！」

コワリョフは腰をおろした。イワン・ヤーコウレヴィッチは彼に白い布をかけると、刷毛《はけ》を使って見る見る彼の頤髯と頬の一部をば、まるで商人の家の命名日《なづけび》に出されるクリームのようにしてしまった。《成程なあ！》と、イワン・ヤーコウレヴィッチは例の鼻をじろりと眺めながら心の中で呟いた。それから今度は反対側へ小首を傾《かし》げて、横側から鼻を眺めた。《へへえ！　実際、考えてみるてえとなあ、まったくどうも》と心で呟きつづけながら、彼は長いあいだ鼻を眺めていた。が、やがて、そっと出来るだけ用心ぶかく二本の指をあげて、鼻のさきを摘《つま》もうとした。こうするのが抑《そもそも》と、イワン・ヤーコウレヴィッチの方式であった。

「おい、こら、こら、何をするんだ！」と、コワリョフが呶鳴りつけた。イワン・ヤーコウレヴィッチは吃驚《びっくり》して両手をひくと、ついぞこれまでになく狼狽《ろうばい》してしまった。が、やがてのことに、注意ぶかく顎《あご》の下へ剃刀《かみそり》を軽くあてはじめると、相手の嗅覚器官に指をかけないで顔を剃《あた》るということは、どうも勝手が違って、やり難かったけれど、それでもまあ、ざらざらした拇指《おやゆび》を相手の頬と下歯齦《したはぐき》にかけただけで、ついに万難を排して、兎《と》も角《かく》も剃りあげたものである。

それがすっかり片づくと、コワリョフはすぐさま大急ぎで衣服を改め、辻馬車を雇って真っ直ぐに菓子屋へ乗りつけた。店へ入るなり、彼はまだ遠くから、『小僧っ、チョコレート一杯！』と呶鳴ったが、それと同時に素早く鏡の前へ顔を持って行った――鼻はある。彼は朗らかに後ろを振り返ると、少し瞬きをしながら、嘲《あざけ》るような容子《ようす》で二人の軍人をちらと眺めた。その一人の鼻はどう見てもチョッキの釦《ボタン》より大きいとは言えなかった。そこを出ると、かねがね副知事の椅子を、それが駄目なら監察官の口をと頻《しき》りに奔走していた省の役所へ赴《おもむ》いた。そこの応接室を通りすぎながら、ちらと鏡を覗いてみた――鼻はある。次に彼は、もう一人の八等官、つまり少佐のところへと出かけた。それは大の悪口屋で、いつもいろんな辛辣《しんらつ》な皮肉を浴びせるものだから、彼はよく、『ふん、何を言ってやがるんだい、ケチな皮肉屋め！』と応酬したものである。で、彼は途々《みちみち》、《もし、奴《やつこ》さんがこの俺を見て笑いころげなかったら、それこそてっきり、何もかもがあるべきところについている確かな証拠だ》と考えた。ところが、その八等官も別に何とも言わなかった。《しめ、しめ！　どんなもんだい、畜生！》と、コワリョフは肚の中で考えた。帰る途中で、娘をつれた佐官夫人ポドトチナに出会ったので、挨拶をすると、歓声をあげて迎えてくれた。して見れば、彼の身には何の欠陥もない訳だ。彼は婦人連とかなり長いあいだ立ち話をしていたが、ことさら嗅煙草《かぎたばこ》入れを取り出して、彼女たちの前でとてもゆっくりと二つの鼻の孔《あな》へ煙草を詰めこんで見せながら、肚の中では、《へ、どんなもんだね、牝鶏《めんどり》さん！　だが、どのみち娘さんとは結婚しませんよ。ただ、単にPar amour《パーラムール》(色ごととして)ならお相伴《しょうばん》しますがね！》と、空嘯《うそぶ》いていた。さて、それ以来コワリョフ少佐はまるで何事もなかったように、ネフスキイ通りだの、方々の劇場だの、その他到るところへ遊びに出かけた。同じように鼻も、やはり何事もなかったように、彼の顔に落ち著いて、他所《よそ》へ逃げ出そうなどという気配は少しも見せなかった。それから後というものは、コワリョフ少佐はいつ見ても上機嫌で、にこにこ微笑《わら》っており、美しい女という女を片っ端から追っかけ廻していたものだ。そればかりか、一度などは＊百軒店《ゴスチンヌイ・ドウオール》の或る店先に立ちどまって、何か勲章の綬《じゅ》のようなものを買っていたが、一体、それをどうするつもりなのかさっぱり見当がつかなかった、というのは、まだ御本人が勲章など一つも持っていなかったからである。

さて、我が広大なるロシヤの北方の首都《みやこ》に突発した事件というのは、以上のようなものであった！　つらつら考えて見るに、どうもこれには真実《まこと》らしからぬ点が多々ある。鼻が勝手に逃げ出して、五等官の姿で各所に現われるというような、まるで超自然的な奇怪事は暫《しばら》く措《お》くとして——コワリョフともあろう人間に、どうして新聞に鼻の広告など出せるものでない位のことが分からなかったのだろう？　こう申したからとて、別に、広告料がお安くなさそうだったからというような意味ではない。そんなものは高が知れているし、第一わたしは、それほど我利我利《がりがり》亡者でもない。が、どうもそれは穏やかでない、まずい、いけない！　それにまた、焼いたパンの中から鼻が飛び出したなどというのも訝《おか》しいし、当のイワン・ヤーコウレヴィッチは一体どうしたのだろう？……いや、わたしにはどうも分からない、さっぱり訳が分からない！　が、何より奇怪で、何より不思議なのは、世の作者たちがこんなあられもない題材をよくも取りあげるということである。正直なところ、これは全く不可解なことで、いわば丁度……いや、どうしても、さっぱり分からない。第一こんなことを幾ら書いても、国家の利益《ため》には少しもならず、第二に……いや、第二にも矢張り利益《ため》にはならない。まったく何が何だか、さっぱりわたしには分からない……。

だが、まあ、それはそうとして、それもこれも、いや場合によってはそれ以上のことも、勿論、許すことが出来るとして……実際、不合理というものはどこにもあり勝ちなことだから——だがそれにしても、よくよく考えて見ると、この事件全体には、実際、何かしらあるにはある。誰が何と言おうとも、こうした出来事は世の中にあり得るのだ——稀《まれ》にではあるが、あることはあり得るのである。

訳注

外套

頁 行

九 11　暦の別の箇所をめくった――ロシア正教の暦には各々その日に命名すべきクリスチャンネームが数箇ずつ指定してあるからである。

一〇 5　アカーキイ・アカーキエヴィッチ――ロシア人の名前には父称といって自分の父の名に一定の語尾を附したものが添えられる。名前に父称をつけて相手を呼べば、それだけで敬語となり、様とか殿という敬称を必要としない。

一七 4　ファルコーネ――モーリス・エチエン(一七一六―一七九一)。フランスの彫刻家。一七六六年露国へ招かれてペテルブルグにピョートル大帝の像を作った。

〃 6　ヴィスト――骨牌《カルタ》遊びの一種。

二九 1　戟――鉞《まさかり》に似た昔の武器であるが、当時ロシアの巡査の交番所では、これを傍らに立てかけて一種の標章としていたのである。

七九 2　プード——重量単位、一六・三八キロに当たる。

八五 5　彼は馬車の後を……——茲《ここ》から八九頁五行目までは、作者の最初の原稿によるテキストを用いたのであるが、一八三六年、雑誌 „Sovremennik“（『現代人』）に発表の際、検閲官の要求によりゴーゴリは余儀なくこの箇所を左の如《ごと》く改作した。爾来《じらい》、全集には普通この改作が採用されていたのである。

……彼は馬車の後を追って駈《か》けだしたが、さいわい、馬車は少し行って、百軒店《ゴスチンヌイ・ドウオール》の前でとまった。

彼はそこへ駈けつけると、よくこれまでそれを見て嘲笑《わら》ったりした、顔じゅうを繃帯《ほうたい》して、二つの孔《あな》から眼玉だけ出している乞食の老婆の立ちならんでいる間を押し分けるようにして通りぬけた。入場者は少なかった。コワリョフはひどくどぎまぎして、今はどう分別を決める力もないように感じながら、隅から隅へと、くだんの紳士の姿を探し求めたが、とうとう或る売場の前に立っている当の相手の姿を見つけた。鼻は例の大きな立襟《たちえり》の中へ顔をすっかりかくして、ひどく注意深そうに何やら商品の吟味をしているところであった。

《どうして、あいつに近づいたものかな？》と、コワリョフは考えた。《何しろ、あの制服といい、帽子といい、すべての様子から見て、五等官は動かぬところだ。畜生、いったいどうしたものだろう！》

彼は相手の傍らに立って、咳《せき》払いをしはじめたが、鼻は寸時もその姿勢を崩さなかった。

「もし、貴下《あなた》」と、コワリョフは無理にも腹の底から元気を出すようにして言った。「もし、貴下《あなた》……。」

「何か御用で？」と、鼻が振りかえって答えた。

「わたくしは不思議でならないのですよ、貴下《あなた》……どうも、その……。御自分の居どころはちゃんと御存じの筈《はず》です。それなのに、意外なところでお目にかかるものでして、一体ここはどこでしょう？——まあ、思っても見て下さい……。」

「失礼ですが、どうも仰しゃることがよく分かりません……。もっとはっきり仰しゃって下さい。」

《どう説明したものだろう？》と、コワリョフはちょっと考えてから、勇を鼓して、こう切りだした。「勿論《もちろん》、わたくしはその……それはそうと、手前は少佐です。そのわたくしが鼻なしで出歩くなんて、どうも、こいつは不体裁です。これが、あのウォスクレセンスキイ橋あたりで皮剝蜜柑《かわむききみかん》を売っている女商人か何ぞなら、鼻なしで坐っていても構わないでしょうがね。けれど今にその、然《しか》るべき……いや、それぱかりではありません、方々に婦人の知り合いもあります。五等官夫人のチェフタリョワだの、その他、かなりあります……。まあ、考えてもみて下さい……。わたくしには何が何やら、さっぱり分からないのですよ、貴下《あなた》、（こう言いながら、少佐は肩をすぼめた。）……失礼ですけれど……もしもこれを義務と名誉の法則に照らして考えますなら……あなた御自身、よくお分かりのことでございましょうが……。」

「いや、さっぱり分かりませんよ」と鼻が答えた。「もっと分かりよく説明して下さい。」

「ね、貴下《あなた》」コワリョフは昂然《こうぜん》として言った。「わたくしには、あなたのお言葉をどう解釈していいか分からないのです……。この際、問題は明々白々だと思いますがねえ……それとも、あなたは好んで……。だって、あなたは——このわたくしの鼻ではありませんか！」

鼻はじっと少佐を眺めたが、その眉《まゆ》がやや気色《けしき》ばんだ。

「何かのお間違いでしょう。僕はもとより僕自身です。のみならず、あなたとの間に何ら密接な関係のあるべき謂《いわ》れがありません。お召しになっている、その略服の釦《ボタン》から拝察すれば、僕とは別の役所にお勤めのはずですしね。」こう言うなり、鼻はくるりと向こうをむいてしまった。コワリョフはすっかりまごついてしまって、一体どうしたらいいやら、何を考えたものやら、てんで分からなかった。その時、一方から気持のよい婦人の衣《きぬ》ずれの音が聞こえたと思うと、全身にレースの飾りをつけた中年の貴婦人とつれだって、すんなりした腰つきに大変うつくしく絵のように纏《まつ》わる純白の衣裳に、お菓子のようにふんわりした卵色のボンネットをかぶった、華奢《きゃしゃ》な娘が近づいて来た。その後ろで、大きな頰髯をたくわえて、カラーを一ダースもつけていそうな、背の高い供の男が立ちどまって、おもむろに嗅煙草《かぎたばこ》入れの蓋《ふた》をあけた。

コワリョフはつかつかと進み寄って、胸衣《むねあて》の、バチスト麻のカラーを摘《つま》み出して形をととのえ、金鎖に吊っていた印形《いんぎょう》を直すと、あたりへ微笑をふりまきながら、そのなよなよしい娘の方へじっと注意を凝らした。娘は春さく花のように、わずかに頭《こうべ》を下げると、半ば透きとおるような指をした色の白い手を額《ひたい》へ持っていった。そのボンネットのかげから、円味《まるみ》を帯びて鮮やかにも白い娘の頤《あご》と、春の初咲きの薔薇《ばら》を思わせるような色合の頰の一部を見て取ると、コワリョフの顔の微笑は更に大きく拡がった。が、その途端に、まるで火傷《やけど》でもしたように彼は後ろへ跳《と》び退いた。自分の顔の鼻の位置がまるで空地になっていることを想い出すと、彼の眼からは涙がにじみ出した。そこで彼は、制服をつけた件《くだん》の紳士に向かって、お前は五等官の贋物《にせもの》だ、お前はペテン師で悪党だ、お前は俺の鼻以外の何者でもないのだと、明らさまに言って退けようと心を取り直した……。が、鼻はもう、そこにはいなかった。恐らくまだ誰かのところへ挨拶《あいさつ》をしに、まんまと擦《す》りぬけて行ってしまったのだろう。

コワリョフはがっかりしてしまった。あとへ引っ返そうとして、彼はちょっと柱廊の下に佇《たたず》みながら、何処《どこ》かに鼻の姿が見当たらないかと、一心不乱に四方八方を見渡した。彼は鼻のかぶっていた帽子に羽毛飾りがついていたことと、制服に金ピカの刺繍《ししゅう》のしてあったことは、はっきりと良く憶《おぼ》えていたけれど、外套のことには気もつかず、馬車の塗色や馬のことはさておき、後部《うしろ》に従僕のようなものが乗っていたかどうか、乗っていたら、どんな仕著せを著ていたかというようなことさえ見落としていた。それに第一、前後に往き交う馬車の数は実に夥《おびただ》しく、且《か》つ非常な速力で疾走していたため、なかなか、おいそれと見分けのつく筈はなく、たとえその中のどれか一つを見分けたとしても、それを停める手段《てだて》が皆目なかった。素晴らしい上天気で燦々《さんさん》と陽《ひ》が輝いていた。ネフスキイ通りは黒山のような人出で、ポリツェースキイ橋からアニチキン橋にかけての歩道という歩道には、花の洪水のように婦人が群がっている。……………

〃6 カザンスキイ大伽藍——アレクサンドル一世が当時の著名な建築家ウォロニヒンをして造営せしめた大伽藍(一八一一年竣工《しゅんこう》)で、優美な円頂閣やコリント式の豪華な柱廊に結構を極めている。

九一15 スパニエル——愛玩《あいがん》用の小形の尨犬《むくいぬ》。

九八15 『北方の蜂』——一八〇七年ペテルブルグで発刊された月刊雑誌。同じくペテルブルグで一八二五年から四十年間に亘《わた》り続刊された新聞。茲《ここ》では後者を指すものと思われる。

九九 6　青紙幣――五ルーブリ紙幣のこと。紙幣の色により、当時五ルーブリ紙幣を青紙幣《あおざつ》、十ルーブリ紙幣を赤紙幣《あかざつ》と称した。

一〇〇 4　ペレジナ煙草――南露産の下等な安煙草。

〃 〃　ラペー――フランス煙草の名称。

一一五 13　踊り椅子――この踊り椅子についてはプーシキンもその日記（一八三三年十二月十七日附）に記して笑っている。――「市中で妙な出来事が噂されている。主馬寮《しゅめりょう》、某の家で家具が急に動いたり跳《は》ねたりしだした、というのだが、N曰《いわ》く、これはきっと宮廷用の家具がアニチコフ（宮廷）へ入ることを切望してるんだ、と。」

一一七 1　ホズレフ・ミルザ卿――一八二九年、ニコライ一世と協約のためロシアに来た、有名なペルシアの政治家。

一三一 5　百軒店――いろいろの店が集合した一種の常設市場に類するもの。

解　題

ゴーゴリ(Nikolai Vasilievitch Gogolj, 1809–1852)の創作活動に於《お》ける最後期の所産にかかる傑作として、『死せる魂』と並び称されるところの小説『外套』(„Shinelj“)は一八四〇年に書かれたもので、発表されたのは翌々一八四二年である。一八三九年の九月、足かけ四年ぶりに外国からロシアに帰ったゴーゴリは『死せる魂』(前篇六章)、『ローマ』、『訴訟』等を友人知己の前で朗読したり、『タラス・ブーリバ』の改作等に携わり、翌四十年の初夏、再び祖国を発《た》って、九月には彼の心の故郷《ふるさと》イタリアに戻っているが、『外套』はその頃ローマで脱稿されたのである。

小説『外套』はその根本思想の深刻高遠な点では、ゴーゴリの書いたあらゆる傑作の上に位していると断言することが出来る。ゴーゴリはこの小説の中で何人《なんぴと》をも問責することなく、伝道者的に隣人愛を鼓吹し、哀れなる主人公アカーキイ・アカーキエヴィッチ・バシマチキンの面影の中に卑小で無価値な、一個の《霊魂の乞食》の像《すがた》を描き出して、こうした一顧の値打もない人間でも、人道主義的な愛と、尊敬にすら値することを強調しているのである。

九等官アカーキイ・アカーキエヴィッチは運命と人とに辱められた惨《みじ》めな存在で、彼は公文書の浄書より外《ほか》には何ら能のない小役人であるが、自己の職務に対しては単に誠実であったばかりでなく、それに熱愛をもっていたのである。この公文書の浄書ということが、孤独な彼の食うや食わずの生活の全意義であり、唯一無二の悦《よろこ》びであって、それ以外のことには彼は絶対に心を向けようともせず、また向けるだけの能力もなかったのである。優遇の意味で別の仕事が与えられた時、彼はその任に堪《た》えずして、矢張《やは》り以前どおりの仕事をさせて欲しいと頼む。この謙虚さが読者の心を打って、一読直ちにバシマチキンの味方たらしめるのである。ゴーゴリはこうした人間に対して満腔《まんこう》の尊敬を要求している。作者の意見ではこの惨めな九等官が、他の重要な地位を占めていながら職務をなおざりにしている才能ある官吏たちより遥《はる》かに優っているのである。何人《なんぴと》からも顧みられず、何人からも尊敬されない、《虫けら》のようなこの人間にも《一つの才能》が恵まれており、然《しか》もその《才能》は決して土に埋もれてはいなかったのである。

作者はこの小説の中で、内気で誠実な勤人としてのアカーキイ・アカーキエヴィッチに対する尊敬を要求しているばかりでなく、《人間》としての愛を要求している。この作品の高い道徳的意義がその点にあるのである。ゴーゴリは同時代の読者がこの高い《思想》を理解し得ないことを危ぶんで、小説の中に敏感な一青年を登場させ、その青年の心境を写して自からそれを説明している。

アカーキイ・アカーキエヴィッチは見る影もなく生き、人知れず死んで行った。彼の境涯には感銘すべき事象が恵まれていなかっただけに、単に外套を新調するというだけの一些事《いちさじ》が彼の心を慄《ふる》えあがらせるような大事件となった。その外套の出来る日を空想しているのが彼の何よりの楽しみであり、やがてそれが自分の肩に掛けられた瞬間は歓喜の絶頂であったが、ついにそれが盗まれて、もはや取り戻す術《すべ》もないと分かった時は致命的な絶望であった……。一着の外套をめぐる悲喜《ひき》交々《こもごも》の感銘が、彼の生活圏内へ疾風《しっぷう》のように闖入《ちんにゅう》して、短時日の間に平穏無事であった彼の生活をめちゃくちゃにしてしまうのだ！　その生活があまりに無内容であったために、そうした些事が彼を死に到らしめるほどの重大な原因となるのである。このように、あまりに空虚な生活にあっては、わずかな偶然がこうした重大な結果を将来するのである。生活力に充ち溢《あふ》れた人々にとっては単に不快なだけの二義的な事情でも、バシマチキンにとっては、文字どおりに致命的であった訳である。

ゴーゴリはこの無価値で寧《むし》ろ滑稽な主人公の肖像を、低級な諷刺画《ふうしが》や安価な感傷主義に堕せしめずして、読者の温かい同感をもって包むべく、至難な努力に完全に成功している。この作の芸術的価値がそこに燦然《さんぜん》として輝いている。

この小説は文学史的に見ても後年のロシア文学に非常に大きな影響を及ぼしている。《われわれは皆ゴーゴリの『外套』の中から生まれたのだ！》とドストイエフスキイも言っている。事実ドストイエフスキイの多くの小説、殊《こと》に人道主義的色彩の濃厚な彼の小説は、確かにゴーゴリの影響を如実に示している。彼の初期の作品（『貧しき人々』や『虐《しいた》げられし人々』等）は皆ゴーゴリの人道主義的思想の発展である。ロシア文学のもっとも顕著なる特性は、運命と人とに辱められた不幸な零落者に対する憐憫《れんびん》の吐露であると言われているが、事実それがロシア文学の伝統であって、それの強化と発展の歴史に於いてゴーゴリの『外套』は最も重要な地位を占めている。

《鼻》（„Nos“）は比較的初期の作で、これが起稿されたのは、処女著作集『ディカーニカ近郷夜話』の後篇が上梓《じょうし》された翌一八三三年に当たり、完成されたのは一八三五年で、ゴーゴリは初めその原稿を、同年創刊された雑誌《モスクワの観察者》(,,Moskovsky Nablyudatyelj“)の編輯者《へんしゆうしや》に送ったが、同誌には掲載されずして、翌一八三六年に、ゴーゴリが第一次の外遊に出た後、雑誌『現代人』(,,Sovremennik“)に発表された。

この小説は作者が第二第三の著作集(『ミルゴロド』、『アラベスキ』及び喜劇『検察官』等の力作を続々と完成した、創作慾のもっとも旺盛な時代の作で、一見荒唐無稽に類する物語ではあるが、そのとうてい有り得べからざる奇想天外の主題が、ゴーゴリ一流の滑稽洒脱《しやだつ》な、然《しか》も透徹した写実主義的手法によって飽くまで如実に描かれているところに、作者の驚くべき芸術的手腕を窺《うかが》うことが出来る。

昭和十二年初冬

訳　者

あとがき

本書の訳者平井肇氏は敗戦後まもなく、満州ハルビンで病没された。このたび本書の改版にあたり、版元岩波書店では、多くの読者の要望から、旧版の仮名づかいや用字を新仮名づかい、当用漢字に改めることにし、故人の遺族平井ユリヤさんの了解をえた。そして訳者と同窓の後輩で同じロシヤ文学の仕事をしており、またいささか故人と相識の間柄であった私に、この仕事を手伝うようにとのことであったので、私も快くこれをお引き受けした。この仕事を進めるにあたり私は旧版の訳文を新しいソヴェト版(国立芸術図書出版所、一九五二年、および国立児童図書出版所、一九六三年)のゴーゴリ著作集の原文と照合した。そして殆《ほとん》ど訂正の必要を認めなかった。ただ、現在の読者にとってやや理解困難と思われる訳文の用語や表現について、二、三カ所これを改めた。また旧版に並記された初稿のヴァリアントは、一般の読者にとりそれほど必要でないと思われたので、省くことにした。*なお人名の表記の一部に旧版と異なる点のあるのは、遺族

（平井ユリヤさん）の申し出により、訳者が生前、訂正を希望していたということで、それに従うこととした。

以上この仕事にあたり、故人の名訳を損することのないよう、私は十分気をつけたつもりであるが、万一左様な点があるとすれば、それは一にかかって私の責任である。

昭和四十年二月

横田瑞穂

＊〔岩波文庫編集部注〕　このたびの改版に当たっては、ヴァリアントは省かずに訳注（本書一二六―一三〇頁）に掲げた。

（二〇〇六年一月）

〔編集付記〕

今回の改版に際しては、改めて岩波文庫初版『外套・鼻』(一九三八年刊)に当たり直し、適宜、版画荘版『外套』(一九三六年刊)、河出書房版世界文学全集『ゴーゴリ集』(一九五〇年刊)等を参照した。一九六五年の改版の際に行なった表記の整理を見直し、漢字は初版を尊重し、極力、仮名には開かないようにし、難読の漢字には読み仮名を付すなどして、初版の形に復するように努めた。ただし、時代の推移により、表記法の変化はいかんともし難いので、以下の方針で整理を行なった。

一、漢字の字体は新字体に改める。
二、仮名づかいは現代仮名づかいに改める。
三、送り仮名は適宜調整する。
四、難読の漢字には読み仮名を付す。
五、訳者の用いた漢字は尊重し、極力、仮名には改めないようにするが、「彼得堡」(ペテルブルグ)、「高架索」(コーカサス)等の地名や、「留」(ループリ)、「哥」(カペイカ)等、ごく少数のものに限って片仮名にする。

なお、このたび付録として、平井肇氏の訳書一覧を巻末に付した。

(二〇〇六年一月、岩波文庫編集部)

＊平井肇氏は、一八九六(明治二十九)年五月十七日、岐阜県に生まれた。一九二三(大正十二)年、早稲田大学露文科を中退。一九三九(昭和十四)年、南満州鉄道株式会社の招聘で大連に行き、後にハルビンに移る。第二次世界大戦後、宿痾の腎臓病が悪化し、引き揚げ命令の下る一カ月前の一九四六(昭和二十一)年七月七日に逝去。死の直前まで、枕頭にゴーゴリの原書を離さなかったという。ゴーゴリの『ディカーニカ近郷夜話』の本邦初の完訳をはじめ、ゴーゴリの主要な小説を翻訳した。まさにゴーゴリの翻訳にその生涯を捧げた人であり、今後も長くゴーゴリの名翻訳者として記憶に留められるべき人である。

平井肇の訳書

(訳者が複数いる本の場合，収録作は平井肇訳のものだけを掲げる)

[文庫]

トルストイ『田園詩』山本文庫，1936 年

ゴーゴリ『馬車』山本文庫，1936 年

ノギコフ＝プリボイ『二つの魂・余計者』改造文庫，1936 年

マキシム・ゴォリキイ『伊太利物語』改造文庫，1936 年

ノギコフ＝プリボイ『密航 他 2 篇』改造文庫，1937 年(「密航」「悪魔の沼」「死刑囚」収録)

ゴーゴリ『肖像画・馬車』岩波文庫，1937 年

ゴーゴリ『狂人日記 他 1 篇』岩波文庫，1937 年(「狂人日記」「羅馬《ローマ》」収録)

ゴーゴリ『ディカーニカ近郷夜話』前篇・後篇，岩波文庫，1937 年

ゴーゴリ『外套・鼻』岩波文庫，1938 年

ゴーゴリ『ミルゴロド(短篇集)』改造文庫，1938 年(「むかし気質の地主」「ヴィキ」「イワン・イワーノヴィッチがイワン・ニキーフォロヴィッチと喧嘩をした話」収録)

ゴーゴリ『死せる魂』上巻・中巻・下巻，岩波文庫，1938-1939 年

ゴーゴリ『タラス・ブーリバ』角川文庫(B6 判)，1949 年

ゴーゴリ『隊長ブーリバ』角川文庫(A6 判)，1951 年

ゴーゴリ『死せる魂』上巻・中巻・下巻，岩波文庫，1977 年(横田瑞穂が改訳し共訳となる)

［単行本］

ニコライ・ゴーゴリ『外套』版画荘，1936 年(挿絵＝ワルワラ・ブブノワ)

ヴェ・トボリャコフ『動物の四季』大連日日新聞社，1943 年

ゴーゴリ『死せる魂』上巻・下巻，蒼樹社，1948 年

ゴーゴリ『死せる魂』第 1 巻・第 2 巻，思索社，1949 年

［全集・世界文学全集など］

『ゴオゴリ全集』第 1 巻，ナウカ社，1934 年(『ディカーニカ近郷夜話』収録)

『ゴオゴリ全集』第 2 巻，ナウカ社，1934 年(「むかし気質の地主」「タラス・ブーリバ」「ヴィヰ」「イワン・イワーノヰッチがイワン・ニキーフォロヰッチと喧嘩をした話」収録)

『プウシキン全集』第 5 巻，改造社，1937 年(「サルタン王物語」「死せる王女と七人の勇士」「黄金《きん》の鶏」「漁師と魚の話」「和尚と下男バルダの話」収録)

『ゴオゴリ全集』第 1 巻，ゴオゴリ全集刊行会，1940 年(上記ナウカ社版全集の再刊本)

『ゴオゴリ全集』第 2 巻，ゴオゴリ全集刊行会，1940 年(上記ナウカ社版全集の再刊本)

『ゴーゴリ全集』第 1 巻，霞ケ関書房，1948 年(『ディカーニカ近郷夜話』前篇収録)

『ゴーゴリ全集』第 2 巻，霞ケ関書房，1948 年(『ディカーニカ近郷夜話』後篇収録)

『ゴーゴリ集』世界文学全集 19 世紀篇，河出書房，1950 年(「外套」「馬車」「鼻」『死せる魂(第 1 部)』収録)

『ゴーゴリ全集』第 1 巻，河出書房，1954 年(『ヂカニカ近郷夜話』のうち，「第 1 部はしがき」「ソロチンツイの定期市」

「イワン・クパーラの前夜」「怖ろしき復讐」「イワン・フョードロギッチ・シュポーニカとその叔母」「呪禁のかかった土地」収録)

『ちくま文学の森 4 変身ものがたり』筑摩書房, 1988 年(「鼻」収録)

『ちくま文学の森 6 思いがけない話』筑摩書房, 1988 年(「外套」収録)

『ゴオゴリ全集』第 1 巻, 日本図書センター, 1996 年(上記ナウカ社版全集の復刻本)

『ゴオゴリ全集』第 2 巻, 日本図書センター, 1996 年(上記ナウカ社版全集の復刻本)

外《がい》套《とう》・鼻《はな》　ゴーゴリ作

1938年 1月20日　第1刷発行
2006年 2月16日　改版第1刷発行
2024年11月 5日　第19刷発行

訳　者　平《ひら》井《い》　肇《はじめ》

発行者　坂本政謙

発行所　株式会社 岩波書店
〒101-8002 東京都千代田区一ツ橋 2-5-5

案内 03-5210-4000　営業部 03-5210-4111
文庫編集部 03-5210-4051
https://www.iwanami.co.jp/

印刷・精興社　製本・牧製本

ISBN 978-4-00-326053-1　Printed in Japan

読書子に寄す

――岩波文庫発刊に際して――

岩波茂雄

真理は万人によって求められることを自ら欲し、芸術は万人によって愛されることを自ら望む。かつては民を愚昧ならしめるために学芸が最も狭き堂宇に閉鎖されたことがあった。今や知識と美とを特権階級の独占より奪い返すことはつねに進取的なる民衆の切実なる要求である。岩波文庫はこの要求に応じそれに励まされて生まれた。それは生命ある不朽の書を少数者の書斎と研究室とより解放して街頭にくまなく立たしめ民衆に伍せしめるであろう。近時大量生産予約出版の流行を見る。その広告宣伝の狂態はしばらくおくも、後代にのこすと誇称する全集がその編集に万全の用意をなしたるか。千古の典籍の翻訳企図に敬虔の態度を欠かざりしか。さらに分売を許さず読者を繋縛して数十冊を強うるがごとき、はたしてその揚言する学芸解放のゆえんなりや。吾人は天下の名士の声に和してこれを推挙するに躊躇するものである。このときにあたって、岩波書店は自己の責務のいよいよ重大なるを思い、従来の方針の徹底を期するため、すでに十数年以前より志して来た計画を慎重審議この際断然実行することにした。吾人は範をかのレクラム文庫にとり、古今東西にわたって文芸・哲学・社会科学・自然科学等種類のいかんを問わず、いやしくも万人の必読すべき真に古典的価値ある書をきわめて簡易なる形式において逐次刊行し、あらゆる人間に須要なる生活向上の資料、生活批判の原理を提供せんと欲する。この文庫は予約出版の方法を排したるがゆえに、読者は自己の欲する時に自己の欲する書物を各個に自由に選択することができる。携帯に便にして価格の低きを最主とするがゆえに、外観を顧みざるも内容に至っては厳選最も力を尽くし、従来の岩波出版物の特色をますます発揮せしめようとする。この計画たるや世間の一時の投機的なるものと異なり、永遠の事業として吾人は微力を傾倒し、あらゆる犠牲を忍んで今後永久に継続発展せしめ、もって文庫の使命を遺憾なく果たさしめることを期する。芸術を愛し知識を求むる士の自ら進んでこの挙に参加し、希望と忠言とを寄せられることは吾人の熱望するところである。その性質上経済的には最も困難多きこの事業にあえて当たらんとする吾人の志を諒として、その達成のため世の読書子とのうるわしき共同を期待する。

昭和二年七月

《東洋文学》〔赤〕

- 楚辞 — 小南一郎訳注
- 杜甫詩選 — 黒川洋一編
- 李白詩選 — 松浦友久編訳
- 唐詩選 全三冊 — 前野直彬注解
- 完訳 三国志 全八冊 — 小川環樹・金田純一郎訳
- 西遊記 全十冊 — 中野美代子訳
- 菜根譚 — 洪自誠 今井宇三郎訳注
- 阿Q正伝・狂人日記（吶喊） 他十二篇 — 魯迅 竹内好訳
- 朝花夕拾 — 魯迅 松枝茂夫訳
- 歴史小品 — 郭沫若 平岡武夫訳
- 家 全二冊 — 巴金 飯塚朗訳
- 新編 中国名詩選 全三冊 — 川合康三編訳
- 聊斎志異 全二冊 — 蒲松齢 立間祥介編訳
- 李商隠詩選 — 川合康三選訳
- 白楽天詩選 全二冊 — 川合康三訳注
- 文選 全六冊 — 川合康三・富永一登・釜谷武志・和田英信・浅見洋二・緑川英樹訳注
- 曹操・曹丕・曹植詩文選 — 川合康三編訳
- ケサル王物語 —チベットの英雄叙事詩 — アレクサンドラ・ダヴィッド＝ネール アプル・ユンテン 富樫瓔子訳
- バガヴァッド・ギーター — 上村勝彦訳
- ダライ・ラマ六世恋愛詩集 — 今枝由郎・海老原志穂編訳
- 朝鮮童謡選 — 金素雲訳編
- 朝鮮短篇小説選 全二冊 — 大村益夫・長璋吉・三枝壽勝編訳
- 尹東柱詩集 空と風と星と詩 — 金時鐘編訳
- アイヌ民譚集 付 えぞおばけ列伝 — 知里真志保編訳
- アイヌ叙事詩 ユーカラ — 金田一京助採集並ニ訳

《ギリシア・ラテン文学》〔赤〕

- ホメロス イリアス 全二冊 — 松平千秋訳
- ホメロス オデュッセイア 全二冊 — 松平千秋訳
- イソップ寓話集 — 中務哲郎訳
- アイスキュロス アガメムノーン — 久保正彰訳
- アイスキュロス 縛られたプロメーテウス — 呉茂一訳
- アンティゴネー — ソポクレース 中務哲郎訳
- ソポクレス オイディプス王 — 藤沢令夫訳
- ソポクレス コロノスのオイディプス — ソポクレス 高津春繁訳
- ヒッポリュトス —パイドラーの恋 — エウリーピデース 松平千秋訳
- バッカイ —バッコスに憑かれた女たち — エウリーピデース 逸身喜一郎訳
- ヘシオドス 神統記 — 廣川洋一訳
- 女の議会 — アリストパネース 村川堅太郎訳
- アポロドーロス ギリシア神話 — 高津春繁訳
- ダフニスとクロエー — ロンゴス 松平千秋訳
- ギリシア・ローマ抒情詩選 —花冠 — 呉茂一訳
- オウィディウス 変身物語 全二冊 — 中村善也訳
- サテュリコン —古代ローマの諷刺小説 — ペトロニウス 国原吉之助訳
- ギリシア・ローマ神話 付 インド・北欧神話 — ブルフィンチ 野上弥生子訳
- ギリシア・ローマ名言集 — 柳沼重剛編
- ローマ諷刺詩集 — ペルシウス ユウェナーリス 国原吉之助訳

《南北ヨーロッパ他文学》（赤）

- ダンテ 新生 ― 山川丙三郎訳
- 夢のなかの夢 ― タブッキ 和田忠彦訳
- カヴァレリーア・ルスティカーナ 他十一篇 ― G・ヴェルガ 河島英昭訳
- カルヴィーノ イタリア民話集 全二冊 ― 河島英昭編訳
- むずかしい愛 ― カルヴィーノ 和田忠彦訳
- パロマー ― カルヴィーノ 和田忠彦訳
- カルヴィーノ アメリカ講義 ―新たな千年紀のための六つのメモ ― 米川良夫 和田忠彦訳
- まっぷたつの子爵 ― カルヴィーノ 河島英昭訳
- 魔法の庭・空を見上げる部族 他十四篇 ― カルヴィーノ 和田忠彦訳
- ペトラルカ ルネサンス書簡集 ― 近藤恒一編訳
- ペトラルカ 無知について ― 近藤恒一訳
- 美しい夏 ― パヴェーゼ 河島英昭訳
- 流刑 ― パヴェーゼ 河島英昭訳
- 祭の夜 ― パヴェーゼ 河島英昭訳
- 月と篝火 ― パヴェーゼ 河島英昭訳
- ウンベルト・エーコ 小説の森散策 ― 和田忠彦訳

- バウドリーノ 全二冊 ― ウンベルト・エーコ 堤康徳訳
- タタール人の砂漠 ― ブッツァーティ 脇功訳
- ラサリーリョ・デ・トルメスの生涯 ― 会田由訳
- ドン・キホーテ 前篇 全三冊 ― セルバンテス 牛島信明訳
- ドン・キホーテ 後篇 全三冊 ― セルバンテス 牛島信明訳
- 娘たちの空返事 他一篇 ― モラティン 佐竹謙一訳
- プラテーロとわたし ― J・R・ヒメーネス 長南実訳
- オルメードの騎士 ― ロペ・デ・ベガ 長南実訳
- サラマンカの学生 他六篇 ― エスプロンセーダ 佐竹謙一訳
- セビーリャの色事師と石の招客 他一篇 ― ティルソ・デ・モリーナ 佐竹謙一訳
- ティラン・ロ・ブラン 全四冊 ― J・マルトゥレイ M・J・ダ・ガルバ 田澤耕訳
- ダイヤモンド広場 ― マルセー・ルドゥレダ 田澤耕訳
- 完訳 アンデルセン童話集 全七冊 ― 大畑末吉訳
- 即興詩人 全二冊 ― アンデルセン 大畑末吉訳
- アンデルセン自伝 ― 大畑末吉訳
- 王の没落 ― イェンセン 長島要一訳
- イプセン 人形の家 ― 原千代海訳

- イプセン 野鴨 ― 原千代海訳
- 令嬢ユリエ ― ストリントベルク 茅野蕭々訳
- アミエルの日記 全四冊 ― 河野与一訳
- クオ・ワディス 全三冊 ― シェンキェーヴィチ 木村彰一訳
- 山椒魚戦争 ― カレル・チャペック 栗栖継訳
- ロボット（R・U・R） ― チャペック 千野栄一訳
- 白い病 ― カレル・チャペック 阿部賢一訳
- マクロプロスの処方箋 ― カレル・チャペック 阿部賢一訳
- 灰とダイヤモンド 全二冊 ― アンジェイェフスキ 川上洸訳
- 牛乳屋テヴィエ ― ショレム・アレイヘム 西成彦訳
- 完訳 千一夜物語 全十三冊 ― 豊島与志雄 渡辺一夫 佐藤正彰 岡部正孝訳
- ルバイヤート ― オマル・ハイヤーム 小川亮作訳
- ゴレスターン ― サアディー 沢英三訳
- アブー・ヌワース アラブ飲酒詩選 ― アブー・ヌワース 塙治夫編訳
- 王書 ―古代ペルシャの神話・伝説 ― フェルドウスィー 岡田恵美子訳
- 中世騎士物語 ― ブルフィンチ 野上弥生子訳
- コルタサル短篇集 悪魔の涎・追い求める男 他八篇 ― 木村榮一訳

遊戯の終わり　コルタサル　木村榮一訳
秘密の武器　コルタサル　木村榮一訳
ペドロ・パラモ　ファン・ルルフォ　杉山晃　増田義郎訳
伝奇集　J・L・ボルヘス　鼓直訳
創造者　J・L・ボルヘス　鼓直訳
続審問　J・L・ボルヘス　中村健二訳
七つの夜　J・L・ボルヘス　野谷文昭訳
詩という仕事について　J・L・ボルヘス　鼓直訳
汚辱の世界史　J・L・ボルヘス　中村健二訳
ブロディーの報告書　J・L・ボルヘス　鼓直訳
アレフ　J・L・ボルヘス　鼓直訳
語るボルヘス　—書物・不死性・時間ほか　J・L・ボルヘス　木村榮一訳
シェイクスピアの記憶　ホルヘ・ルイス・ボルヘス　内田兆史　鼓直訳
20世紀ラテンアメリカ短篇選　野谷文昭編訳
フエンテス短篇集　アウラ・純な魂　他四篇　木村榮一訳
アルテミオ・クルスの死　フエンテス　木村榮一訳
緑の家　全二冊　バルガス＝リョサ　木村榮一訳
密林の語り部　バルガス＝リョサ　西村英一郎訳
ラ・カテドラルでの対話　バルガス＝リョサ　旦敬介訳
弓と竪琴　オクタビオ・パス　牛島信明訳
鷲か太陽か？　オクタビオ・パス　野谷文昭訳
ラテンアメリカ民話集　三原幸久編訳
やし酒飲み　エイモス・チュツオーラ　土屋哲訳
薬草まじない　エイモス・チュツオーラ　土屋哲訳
マイケル・K　J・M・クッツェー　くぼたのぞみ訳
ミゲル・ストリート　V・S・ナイポール　小沢自然　小野正嗣訳
キリストはエボリで止まった　カルロ・レーヴィ　竹山博英訳
クァジーモド全詩集　河島英昭訳
ウンガレッティ全詩集　河島英昭訳
クオーレ　デ・アミーチス　和田忠彦訳
ゼーノの意識　全二冊　ズヴェーヴォ　堤康徳訳
冗談　ミラン・クンデラ　西永良成訳
小説の技法　ミラン・クンデラ　西永良成訳
世界イディッシュ短篇選　西成彦編訳
シェフチェンコ詩集　藤井悦子編訳
死と乙女　アリエル・ドルフマン　飯島みどり訳

《ロシア文学》〔赤〕

- オネーギン　プーシキン　池田健太郎訳
- スペードの女王・ベールキン物語　プーシキン　神西清訳
- 外套・鼻　ゴーゴリ　平井肇訳
- 日本渡航記 ―フレガート「パルラダ」号より　ゴンチャロフ　井上満訳
- 二重人格　ドストエフスキー　小沼文彦訳
- 罪と罰 全三冊　ドストエフスキー　江川卓訳
- 白痴 全二冊　ドストエーフスキイ　米川正夫訳
- カラマーゾフの兄弟 全四冊　ドストエーフスキイ　米川正夫訳
- アンナ・カレーニナ 全三冊　トルストイ　中村融訳
- 戦争と平和 全六冊　トルストイ　藤沼貴訳
- トルストイ民話集 人はなんで生きるか 他四篇　中村白葉訳
- トルストイ民話集 イワンのばか 他八篇　中村白葉訳
- イワン・イリッチの死　トルストイ　米川正夫訳
- 復活 全二冊　トルストイ　藤沼貴訳
- 人生論　トルストイ　中村融訳
- かもめ　チェーホフ　浦雅春訳
- ワーニャおじさん　チェーホフ　小野理子訳
- 桜の園　チェーホフ　小野理子訳
- チェーホフ 妻への手紙 全二冊　湯浅芳子訳
- カシタンカ・ねむい 他七篇　チェーホフ　神西清訳
- ゴーリキー短篇集　上田進 横田瑞穂 訳編
- どん底　ゴーリキイ　中村白葉訳
- ソルジェニーツィン短篇集　木村浩編訳
- アファナーシエフ ロシア民話集 全二冊　中村喜和編訳
- われら　ザミャーチン　川端香男里訳
- プラトーノフ作品集　原卓也訳
- 悪魔物語・運命の卵　ブルガーコフ　水野忠夫訳
- 巨匠とマルガリータ 全二冊　ブルガーコフ　水野忠夫訳

《イギリス文学》〔赤〕

ユートピア　トマス・モア／平井正穂訳
完訳カンタベリー物語　全三冊　チョーサー／桝井迪夫訳
ヴェニスの商人　シェイクスピア／中野好夫訳
十二夜　シェイクスピア／小津次郎訳
ハムレット　シェイクスピア／野島秀勝訳
オセロウ　シェイクスピア／菅泰男訳
リア王　シェイクスピア／野島秀勝訳
マクベス　シェイクスピア／木下順二訳
ソネット集　シェイクスピア／高松雄一訳
ロミオとジューリエット　シェイクスピア／平井正穂訳
リチャード三世　シェイクスピア／木下順二訳
対訳シェイクスピア詩集 ―イギリス詩人選(1)　柴田稔彦編
から騒ぎ　シェイクスピア／喜志哲雄訳
冬物語　シェイクスピア／桒山智成訳
言論・出版の自由 ―アレオパジティカ 他一篇　ミルトン／原田純訳
失楽園　全二冊　ミルトン／平井正穂訳

ロビンソン・クルーソー　全二冊　デフォー／平井正穂訳
奴婢訓 他一篇　スウィフト／深町弘三訳
ガリヴァー旅行記　スウィフト／平井正穂訳
トリストラム・シャンディ　全三冊　ロレンス・スターン／朱牟田夏雄訳
ウェイクフィールドの牧師 ―むだばなし　ゴールドスミス／小野寺健訳
幸福の探求 ―アビシニアの王子ラセラスの物語　サミュエル・ジョンソン／朱牟田夏雄訳
対訳ブレイク詩集 ―イギリス詩人選(4)　松島正一編
対訳ワーズワス詩集 ―イギリス詩人選(3)　山内久明編
湖の麗人　スコット／入江直祐訳
キプリング短篇集　橋本槙矩編訳
対訳コウルリッジ詩集 イギリス詩人選(7)　上島建吉編
高慢と偏見　全二冊　ジェーン・オースティン／富田彬訳
ジェイン・オースティンの手紙　新井潤美編訳
マンスフィールド・パーク　全二冊　ジェイン・オースティン／新井潤美・宮丸裕二訳
シェイクスピア物語　全二冊　メアリー・ラム、チャールズ・ラム／安藤貞雄訳
エリア随筆抄　チャールズ・ラム／南條竹則編訳
デイヴィッド・コパフィールド　全五冊　ディケンズ／石塚裕子訳

炉辺のこほろぎ　ディケンズ／本多顕彰訳
ボズのスケッチ 短篇小説篇　全二冊　ディケンズ／藤岡啓介訳
アメリカ紀行　全二冊　ディケンズ／伊藤弘之・下笠徳次・隈元貞広訳
イタリアのおもかげ　ディケンズ／伊藤弘之・下笠徳次・隈元貞広訳
大いなる遺産　全二冊　ディケンズ／石塚裕子訳
荒涼館　全四冊　ディケンズ／佐々木徹訳
鎖を解かれたプロメテウス　シェリー／石川重俊訳
アイルランド 歴史と風土　オフェイロン／橋本槙矩訳
ジェイン・エア　全二冊　シャーロット・ブロンテ／河島弘美訳
嵐が丘　全二冊　エミリー・ブロンテ／河島弘美訳
サイラス・マーナー　ジョージ・エリオット／土井治訳
アルプス登攀記　全二冊　ウィンパー／浦松佐美太郎訳
アンデス登攀記　全二冊　ウィンパー／大貫良夫訳
ジーキル博士とハイド氏　スティーヴンスン／海保眞夫訳
南海千一夜物語　スティーヴンスン／中村徳三郎訳
若い人々のために 他十一篇　スティーヴンスン／岩田良吉訳
怪談 ―不思議なことの物語と研究　ラフカディオ・ハーン／平井呈一訳

ドリアン・グレイの肖像　オスカー・ワイルド　富士川義之訳
サロメ　ワイルド　福田恆存訳
嘘から出た誠　ワイルド　岸本一郎訳
童話集 幸福な王子 他八篇　オスカー・ワイルド　富士川義之訳
分らぬもんですよ　バァナード・ショウ　市川又彦訳
ヘンリ・ライクロフトの私記　ギッシング　平井正穂訳
南イタリア周遊記　ギッシング　小池滋訳
闇の奥　コンラッド　中野好夫訳
密偵　コンラッド　土岐恒二訳
対訳 イエイツ詩集　高松雄一編
月と六ペンス　モーム　行方昭夫訳
読書案内 ―世界文学　W・S・モーム　西川正身訳
人間の絆 全三冊　モーム　行方昭夫訳
サミング・アップ　モーム　行方昭夫訳
モーム短篇選 全二冊　行方昭夫編訳
アシェンデン ―英国情報部員のファイル　モーム　中島賢二　岡田久雄訳
お菓子とビール　モーム　行方昭夫訳

ダブリンの市民　ジョイス　結城英雄訳
荒地　T・S・エリオット　岩崎宗治訳
オーウェル評論集　小野寺健編訳
パリ・ロンドン放浪記　ジョージ・オーウェル　小野寺健訳
カタロニア讃歌　ジョージ・オーウェル　都築忠七訳
動物農場 ―おとぎばなし　ジョージ・オーウェル　川端康雄訳
対訳 キーツ詩集 ―イギリス詩人選(10)　宮崎雄行編
キーツ詩集　中村健二訳
オルノーコ 美しい浮気女　アフラ・ベイン　土井治訳
解放された世界　H・G・ウェルズ　浜野輝訳
大転落　イヴリン・ウォー　富山太佳夫訳
回想のブライズヘッド 全二冊　イーヴリン・ウォー　小野寺健訳
愛されたもの　イーヴリン・ウォー　中村健二　出淵博訳
対訳 ジョン・ダン詩集 ―イギリス詩人選(2)　湯浅信之編
フォースター評論集　小野寺健編訳
白衣の女 全三冊　ウィルキー・コリンズ　中島賢二訳
アイルランド短篇選　橋本槙矩編訳

灯台へ　ヴァージニア・ウルフ　御輿哲也訳
狐になった奥様　ガーネット　安藤貞雄訳
フランク・オコナー短篇集　阿部公彦訳
たいした問題じゃないが ―イギリス・コラム傑作選　行方昭夫編訳
真昼の暗黒　アーサー・ケストラー　中島賢二訳
文学とは何か ―現代批評理論への招待 全二冊　テリー・イーグルトン　大橋洋一訳
D・G・ロセッティ作品集　南條竹則　松村伸一編訳
真夜中の子供たち 全二冊　サルマン・ラシュディ　寺門泰彦訳
英国古典推理小説集　佐々木徹編訳

《アメリカ文学》〔赤〕

- ギリシア・ローマ神話 付インド・北欧神話 — ブルフィンチ 野上弥生子訳
- 中世騎士物語 — ブルフィンチ 野上弥生子訳
- フランクリン自伝 — 松本慎一 西川正身訳
- スケッチ・ブック 全二冊 — アーヴィング 齊藤昇訳
- アルハンブラ物語 全二冊 — アーヴィング 平沼孝之訳
- ウォルター・スコット邸訪問記 — アーヴィング 齊藤昇訳
- ブレイスブリッジ邸 — アーヴィング 齊藤昇訳
- エマソン論文集 全二冊 — エマソン 酒本雅之訳
- 完訳 緋文字 — ホーソーン 八木敏雄訳
- 黒猫・モルグ街の殺人事件 他五篇 — ポオ 中野好夫訳
- 対訳 ポー詩集 —アメリカ詩人選(1) — 加島祥造編
- 黄金虫・アッシャー家の崩壊 他九篇 — ポオ 八木敏雄訳
- ポオ評論集 — 八木敏雄編訳
- 森の生活（ウォールデン） 全二冊 — ソロー 飯田実訳
- 市民の反抗 他五篇 — H・D・ソロー 飯田実訳
- 白鯨 全三冊 — メルヴィル 八木敏雄訳

- ビリー・バッド — メルヴィル 坂下昇訳
- ホイットマン自選日記 全二冊 — 杉木喬訳
- 対訳 ホイットマン詩集 —アメリカ詩人選(2) — 木島始編
- 対訳 ディキンソン詩集 —アメリカ詩人選(3) — 亀井俊介編
- 不思議な少年 — マーク・トウェイン 中野好夫訳
- 王子と乞食 — マーク・トウェーン 村岡花子訳
- 人間とは何か — マーク・トウェイン 中野好夫訳
- ハックルベリー・フィンの冒険 全二冊 — マーク・トウェイン 西田実訳
- いのちの半ばに — ビアス 西川正身訳
- 新編 悪魔の辞典 — ビアス 西川正身編訳
- ビアス短篇集 — 大津栄一郎編訳
- ねじの回転 デイジー・ミラー — ヘンリー・ジェイムズ 行方昭夫訳
- ワシントン・スクエア — ヘンリー・ジェイムズ 河島弘美訳
- ノリス 死の谷 マクティーグ 全二冊 — 石田英二 井上宗次訳
- シスター・キャリー 全二冊 — ドライサー 村山淳彦訳
- 響きと怒り 全二冊 — フォークナー 平石貴樹 新納卓也訳
- アブサロム、アブサロム！ 全二冊 — フォークナー 藤平育子訳

- 八月の光 全二冊 — フォークナー 諏訪部浩一訳
- 武器よさらば 全二冊 — ヘミングウェイ 谷口陸男訳
- オー・ヘンリー傑作選 — 大津栄一郎訳
- アメリカ名詩選 — 亀井俊介 川本皓嗣編
- 魔法の樽 他十二篇 — マラマッド 阿部公彦訳
- 青白い炎 — ナボコフ 富士川義之訳
- 風と共に去りぬ 全六冊 — マーガレット・ミッチェル 荒このみ訳
- 対訳 フロスト詩集 —アメリカ詩人選(4) — 川本皓嗣編
- とんがりモミの木の郷 他五篇 — セアラ・オーン・ジュエット 河島弘美訳
- 無垢の時代 — イーディス・ウォートン 河島弘美訳
- 暗闇に戯れて —白さと文学的想像力 — トニ・モリスン 都甲幸治訳

《ドイツ文学》〔赤〕

ニーベルンゲンの歌 全二冊　相良守峯訳
若きウェルテルの悩み　ゲーテ　竹山道雄訳
ヴィルヘルム・マイスターの修業時代 全三冊　ゲーテ　山崎章甫訳
イタリア紀行 全三冊　ゲーテ　相良守峯訳
ファウスト 全二冊　ゲーテ　相良守峯訳
ゲーテとの対話 全三冊　エッカーマン　山下肇訳
スペインの太子 ドン・カルロス　シルレル　佐藤通次訳
ヒュペーリオン ―希臘の世捨人　ヘルダーリーン　渡辺格司訳
青い花　ノヴァーリス　青山隆夫訳
夜の讃歌・サイスの弟子たち 他一篇　ノヴァーリス　今泉文子訳
完訳 グリム童話集 全五冊　金田鬼一訳
黄金の壺　ホフマン　神品芳夫訳
ホフマン短篇集　池内紀編訳
ミヒャエル・コールハース チリの地震 他一篇　クライスト　山口裕之訳
影をなくした男　シャミッソー　池内紀訳
流刑の神々・精霊物語　ハイネ　小沢俊夫訳

ブリギッタ・森の泉 他一篇　シュティフター　宇多五郎・高安国世訳
みずうみ 他四篇　シュトルム　関泰祐訳
沈鐘　ハウプトマン　阿部六郎訳
地霊・パンドラの箱 ルル二部作　F・ヴェデキント　岩淵達治訳
春のめざめ　F・ヴェデキント　酒寄進一訳
花・死人に口なし 他七篇　シュニッツラー　番匠谷英一・山本有三訳
ゲオルゲ詩集　手塚富雄訳
リルケ詩集　高安国世訳
ドゥイノの悲歌　リルケ　手塚富雄訳
ブッデンブローク家の人びと 全三冊　トーマス・マン　望月市恵訳
魔の山 全二冊　トーマス・マン　関泰祐・望月市恵訳
トニオ・クレエゲル　トオマス・マン　実吉捷郎訳
ヴェニスに死す　トオマス・マン　実吉捷郎訳
講演集 ドイツとドイツ人 他五篇　トーマス・マン　青木順三訳
講演集 リヒァルト・ヴァーグナーの苦悩と偉大 他一篇　トーマス・マン　青木順三訳
車輪の下　ヘルマン・ヘッセ　実吉捷郎訳
デミアン　ヘルマン・ヘッセ　実吉捷郎訳

シッダルタ　ヘッセ　手塚富雄訳
幼年時代　カロッサ　斎藤栄治訳
ジョゼフ・フーシェ ―ある政治的人間の肖像　シュテファン・ツワイク　高橋禎二・秋山英夫訳
変身・断食芸人　カフカ　山下肇・山下萬里訳
審判　カフカ　辻瑆訳
カフカ短篇集　池内紀編訳
カフカ寓話集　池内紀編訳
ドイツ炉辺ばなし集 ―カレンダーゲシヒテン　ヘーベル　木下康光編訳
ウィーン世紀末文学選　池内紀編訳
ティル・オイレンシュピーゲルの愉快ないたずら　阿部謹也訳
チャンドス卿の手紙 他十篇　ホフマンスタール　檜山哲彦訳
ホフマンスタール詩集　川村二郎訳
インド紀行 全二冊　ボンゼルス　実吉捷郎訳
ドイツ名詩選　生野幸吉・檜山哲彦編
聖なる酔っぱらいの伝説 他四篇　ヨーゼフ・ロート　池内紀訳
ラデツキー行進曲 全二冊　ヨーゼフ・ロート　平田達治訳
ボードレール 他五篇 ―ベンヤミンの仕事2　ベンヤミン　野村修編訳

パサージュ論 全五冊　ヴァルター・ベンヤミン　今村仁司・三島憲一・大貫敦子・高橋順一・塚原史・細見和之・村岡晋一・山本尤・横張誠・與謝野文子・吉村和明訳

ジャクリーヌと日本人　ヤーコプ　相良守峯訳

ヴォイツェク ダントンの死 レンツ　ビューヒナー　岩淵達治訳

人生処方詩集　エーリヒ・ケストナー　小松太郎訳

終戦日記一九四五　エーリヒ・ケストナー　酒寄進一訳

独裁者の学校　エーリヒ・ケストナー　酒寄進一訳

第七の十字架 全二冊　アンナ・ゼーガース　山下肇・新村浩訳

《フランス文学》〔赤〕

ラブレー第一之書 ガルガンチュワ物語　渡辺一夫訳

ラブレー第二之書 パンタグリュエル物語　渡辺一夫訳

ラブレー第三之書 パンタグリュエル物語　渡辺一夫訳

ラブレー第四之書 パンタグリュエル物語　渡辺一夫訳

ラブレー第五之書 パンタグリュエル物語　渡辺一夫訳

エセー 全六冊　モンテーニュ　原二郎訳

ラ・ロシュフコー箴言集　二宮フサ訳

ブリタニキュス ベレニス　ラシーヌ　渡辺守章訳

いやいやながら医者にされ　モリエール　鈴木力衛訳

守銭奴　モリエール　鈴木力衛訳

完訳 ペロー童話集　新倉朗子訳

ラ・フォンテーヌ寓話 全二冊　ラ・フォンテーヌ　今野一雄訳

カンディード 他五篇　ヴォルテール　植田祐次訳

哲学書簡　ヴォルテール　林達夫訳

ルイ十四世の世紀 全四冊　ヴォルテール　丸山熊雄訳

美味礼讃 全二冊　ブリア＝サヴァラン　関根秀雄・戸部松実訳

近代人の自由と古代人の自由・征服の精神と簒奪 他一篇　コンスタン　堤林剣・堤林恵訳

恋愛論 全二冊　スタンダール　杉本圭子訳

赤と黒 全二冊　スタンダール　桑原武夫・生島遼一訳

艶笑滑稽譚 全三冊　バルザック　石井晴一訳

レ・ミゼラブル 全四冊　ユーゴー　豊島与志雄訳

ライン河幻想紀行　ユーゴー　榊原晃三編訳

ノートル＝ダム・ド・パリ 全二冊　ユーゴー　辻昶・松下和則訳

モンテ・クリスト伯 全七冊　アレクサンドル・デュマ　山内義雄訳

三銃士 全二冊　デュマ　生島遼一訳

カルメン　メリメ　杉捷夫訳

愛の妖精（プチット・ファデット）　ジョルジュ・サンド　宮崎嶺雄訳

ボオドレール 悪の華　鈴木信太郎訳

ボヴァリー夫人 全二冊　フローベール　伊吹武彦訳

感情教育 全二冊　フローベール　生島遼一訳

紋切型辞典　フローベール　小倉孝誠訳

サラムボー 全二冊　フローベール　中條屋進訳

未来のイヴ 全二冊　ヴィリエ・ド・リラダン　渡辺一夫訳

風車小屋だより　ドーデー　桜田佐訳
サフォ —パリ風俗　ドーデー　朝倉季雄訳
プチ・ショーズ —ある少年の物語　ドーデ　原千代海訳
テレーズ・ラカン 全二冊　エミール・ゾラ　小林正訳
ジェルミナール 全三冊　エミール・ゾラ　安士正夫訳
獣人 全二冊　エミール・ゾラ　川口篤訳
氷島の漁夫　ピエール・ロチ　吉氷清訳
マラルメ詩集　渡辺守章訳
脂肪のかたまり　モーパッサン　高山鉄男訳
メゾンテリエ 他三篇　モーパッサン　河盛好蔵訳
モーパッサン短篇選　高山鉄男編訳
わたしたちの心　モーパッサン　笠間直穂子訳
地獄の季節　ランボオ　小林秀雄訳
対訳 ランボー詩集 —フランス詩人選(1)　中地義和編
にんじん　ルナアル　岸田国士訳
ジャン・クリストフ 全四冊　ロマン・ローラン　豊島与志雄訳
ベートーヴェンの生涯　ロマン・ロラン　片山敏彦訳

ミレー　ロマン・ロラン　蛯原徳夫訳
狭き門　アンドレ・ジイド　川口篤訳
法王庁の抜け穴　アンドレ・ジイド　石川淳訳
モンテーニュ論　アンドレ・ジイド　渡辺一夫訳
ヴァレリー詩集　ポール・ヴァレリー　鈴木信太郎訳
ムッシュー・テスト　ポール・ヴァレリー　清水徹訳
エウパリノス 魂と舞踏 樹についての対話　ポール・ヴァレリー　清水徹訳
精神の危機 他十五篇　ポール・ヴァレリー　恒川邦夫訳
ドガ ダンス デッサン　ポール・ヴァレリー　塚本昌則訳
シラノ・ド・ベルジュラック　ロスタン　辰野隆・鈴木信太郎訳
海の沈黙・星への歩み　ヴェルコール　河野與一・加藤周一訳
地底旅行　ジュール・ヴェルヌ　朝比奈弘治訳
八十日間世界一周　ジュール・ヴェルヌ　鈴木啓二訳
海底二万里 全二冊　ジュール・ヴェルヌ　朝比奈美知子訳
火の娘たち　ネルヴァル　野崎歓訳
パリの夜 —革命下の民衆　レチフ・ド・ラ・ブルトンヌ　植田祐次編訳
シェリ　コレット　工藤庸子訳

シェリの最後　コレット　工藤庸子訳
生きている過去　レニエ　窪田般彌訳
シュルレアリスム宣言・溶ける魚　アンドレ・ブルトン　巖谷國士訳
ナジャ　アンドレ・ブルトン　巖谷國士訳
ジュスチーヌまたは美徳の不幸　サド　植田祐次訳
とどめの一撃　ユルスナール　岩崎力訳
フランス名詩選　安藤元雄・入沢康夫・渋沢孝輔編
繻子の靴 全二冊　ポール・クローデル　渡辺守章訳
A・O・バルナブース全集 全二冊　ヴァレリー・ラルボー　岩崎力訳
心変わり　ミシェル・ビュトール　清水徹訳
悪魔祓い　ル・クレジオ　高山鉄男訳
失われた時を求めて 全十四冊　プルースト　吉川一義訳
子ども 全二冊　ジュール・ヴァレス　朝比奈弘治訳
星の王子さま　サン＝テグジュペリ　内藤濯訳
プレヴェール詩集　小笠原豊樹訳
ペスト　カミュ　三野博司訳
サラゴサ手稿 全三冊　ヤン・ポトツキ　畑浩一郎訳

岩波文庫の最新刊

デリダ著／藤本一勇訳
アデュー
―エマニュエル・レヴィナスへ―

レヴィナスから受け継いだ「アーデュー」という言葉。デリダの応答は、その遺産を存在論や政治の彼方にある倫理、歓待の哲学へと導く。
〔青N六〇五-二〕 定価一二一〇円

ヘリオドロス作／下田立行訳
エティオピア物語（上）

ナイル河口の殺戮現場に横たわる、手負いの凜々しい若者と、女神の如き美貌の娘――映画さながらに波瀾万丈、古代ギリシアの恋愛冒険小説巨編。（全二冊）
〔赤一二七-一〕 定価一〇〇一円

永井荷風著／中島国彦・多田蔵人校注
断腸亭日乗（二） 大正十五―昭和三年

永井荷風（一八七九―一九五九）の四十一年間の日記。（二）は、大正十五年より昭和三年まで。大正から昭和の時代の変動を見つめる。（注解・解説＝中島国彦）（全九冊）
〔緑四二-一五〕 定価一一八八円

ゲルツェン著／金子幸彦・長縄光男訳
過去と思索（四）

一八四八年六月、臨時政府がパリ民衆に加えた大弾圧は、ゲルツェンの思想を新しい境位に導いた。専制支配はここにもある。西欧への幻想は消えた。（全七冊）
〔青N六一〇-五〕 定価一六五〇円

……今月の重版再開……

ディオゲネス・ラエルティオス著／加来彰俊訳
ギリシア哲学者列伝（上）（中）（下）
〔青六六三-一～三〕 定価各一二七六円

2024. 10